SEDUCIDA POR EL ITALIANO

MAISEY YATES

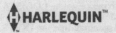

HARLEQUIN™

Editado por Harlequin Ibérica.
Una división de HarperCollins Ibérica, S.A.
Núñez de Balboa, 56
28001 Madrid

© 2016 Maisey Yates
© 2017 Harlequin Ibérica, una división de HarperCollins Ibérica, S.A.
Seducida por el italiano, n.º 2549 - 14.6.17
Título original: The Italian's Pregnant Virgin
Publicada originalmente por Mills & Boon®, Ltd., Londres.

I.S.B.N.: 978-84-687-9545-4
Depósito legal: M-10108-2017
Impresión en CPI (Barcelona)
Fecha impresion para Argentina: 11.12.17
Distribuidor exclusivo para España: LOGISTA
Distribuidores para México: CODIPLYRSA y Despacho Flores
Distribuidores para Argentina: Interior, DGP, S.A. Alvarado 2118.
Cap. Fed./Buenos Aires y Gran Buenos Aires, VACCARO HNOS.

Capítulo 1

LA CUESTIÓN es, señor Valenti, que estoy embarazada.

Renzo Valenti, heredero de una fortuna inmobiliaria y famoso mujeriego, miró con perplejidad a la desconocida que acababa de entrar en su casa.

No la había visto en su vida, de eso estaba seguro. Él no se relacionaba con mujeres como aquella, que parecían disfrutar sudando mientras recorrían las calles de Roma en lugar de hacerlo revolcándose entre sábanas de seda.

Su aspecto era desaliñado, el rostro limpio de maquillaje, el largo pelo oscuro escapándose de un moño hecho a toda prisa. Llevaba el mismo atuendo que muchas de las estudiantes estadounidenses que llenaban la ciudad de Roma en verano: camiseta negra ajustada, falda hasta los tobillos y unas sandalias planas que habían visto días mejores.

Si hubiera pasado a su lado en la calle no se habría fijado en ella, pero estaba en su casa y acababa de pronunciar unas palabras que ninguna mujer había pronunciado desde que tenía dieciséis años.

Pero no significaban nada para él porque no la conocía.

—Enhorabuena... o mis condolencias —le dijo—. Depende.

—No lo entiende.

–No –asintió Renzo–. No lo entiendo. Se cuela en mi casa diciéndole a mi ama de llaves que tenía que verme urgentemente y aquí está, contándome algo que no me interesa.

–No me he colado. Su ama de llaves me ha dejado pasar.

Renzo nunca despediría a Luciana y, por desgracia, ella lo sabía. De modo que cuando dejó entrar a aquella chica medio histérica debió de considerarlo un castigo por su notorio comportamiento con el sexo opuesto.

Y eso no era justo. Aquella criatura, que parecía más a gusto tocando la guitarra en la calle a cambio de unas monedas, podría ser el castigo de otro hombre, pero no el suyo.

–Da igual, no tengo paciencia para numeritos.

–Pero es hijo suyo.

Él se rio. No había otra respuesta para tan absurda afirmación. Y no había otra forma de controlar la extraña tensión que lo atenazó al escuchar esas palabras.

Sabía por qué lo afectaban tanto, aunque no deberían.

No se le ocurría ninguna circunstancia en la que pudiese haber tocado a aquella ridícula hippy. Además, llevaba seis meses dedicado a una obscena farsa de matrimonio y, aunque Ashley había buscado placer con otros hombres, él había sido fiel.

Que aquella mujer apareciese en su casa diciendo que esperaba un hijo suyo era absolutamente ridículo.

Durante los últimos seis meses se había dedicado a esquivar jarrones lanzados con furia por la loca de su exesposa, que parecía decidida a demoler el estereotipo de que los canadienses eran gente educada y amable, alternando con días de ridículos arrullos, como si fuera una mascota a la que intentase domar después de haberle pegado.

Sin saber que él era un hombre al que no se podía domar. Se había casado con Ashley solo para fastidiar a sus padres y desde el día anterior estaba divorciado y era un hombre libre otra vez.

Libre para tener a aquella mochilera como quisiera, si decidiese hacerlo. Aunque lo único que quería era sacarla de su casa y devolverla a las calles de las que había salido.

—Eso es imposible, *cara mia.*

Ella lo miró con un brillo de sorpresa en los ojos. ¿Qué había pensado que iba a decir? ¿De verdad creía que iba a caer en tan absurda trampa?

—Pero...

—Ya veo que te has inventado una extraña fantasía para sacarme dinero —la interrumpió él, intentando mantener la calma—. Tengo fama de mujeriego, pero he estado casado durante los últimos seis meses, de modo que el hombre que te ha dejado embarazada no soy yo. Le fui fiel a mi mujer durante nuestro matrimonio.

—Ashley —dijo ella, pestañeando rápidamente—. Ashley Bettencourt.

Todo el mundo lo sabía, de modo que no era tan raro. Pero, si sabía que estaba casado, ¿por qué no había elegido un objetivo más fácil?

—Ya veo que lees las revistas de cotilleos.

—No, es que conozco a Ashley personalmente. Fue ella quien me dejó embarazada.

Renzo sacudió la cabeza en un gesto de perplejidad.

—Nada de lo que dices tiene sentido.

La joven dejó escapar un resoplido de impaciencia.

–Estoy intentándolo, pero pensé que usted sabía quién era.

–¿Y por qué iba a saberlo? –preguntó él, cada vez más sorprendido.

–Yo... verá, no debería haberle hecho caso, pero... ¡parece que soy tan tonta como decía mi padre!

Renzo debía admitir que la mentira era original, aunque estuviese estropeándole el día.

–En este momento estoy de acuerdo con tu padre y seguirá siendo así hasta que me des una explicación más creíble.

–Ashley me contrató –empezó a explicar ella–. Yo trabajo en un bar cerca del Coliseo y un día entró y empezamos a charlar. Me habló de su matrimonio y del problema que tenían para engendrar hijos...

Renzo tragó saliva. Ashley y él nunca habían intentado tener hijos. Cuando llegó el momento de discutir la idea de darle un heredero al imperio de su familia, ya había decidido que no quería seguir casado con ella.

–Pensé que era un poco raro que me contase cosas tan íntimas, pero volvió al día siguiente y el día después... al final, yo le conté que no tenía dinero y ella me preguntó si querría ser madre de alquiler.

Renzo estalló, soltando una larga retahíla de palabrotas en italiano.

–No me lo creo. Esto tiene que ser algún truco de esa arpía.

–No, no lo es, se lo prometo. Pensé que usted lo sabía. Todo fue muy... me dijo que todo sería muy fácil. Un rápido viaje a Santa Firenze, donde el procedimiento es legal, y luego solo tendría que esperar nueve meses. Supuestamente, iba a pagarme por gestar a su hijo porque lo deseaba tanto como para pedirle ayuda a una desconocida.

Renzo empezó a asustarse de verdad y el pánico, como una bestia salvaje en su pecho, casi le impedía respirar. Lo que estaba diciendo era imposible. Tenía que serlo.

Pero Ashley era imprevisible y estaba furiosa porque pensaba que el divorcio era algo calculado por su parte. Y lo era, desde luego.

Pero no podía haber hecho aquello. No se lo podía creer.

—¿Y te pareció normal que una desconocida te contratase como madre de alquiler sin haber conocido nunca al marido?

—Ella solo podía ir a la clínica llevando gafas de sol y un enorme sombrero para que nadie la reconociese. Me dijo que era usted muy alto —la joven hizo un gesto con la mano—. Y lo es, evidentemente. Habría llamado la atención. Ni siquiera unas gafas de sol hubieran servido... en fin, ya sabe.

—No, yo no sé nada —le espetó Renzo, airado—. En los últimos minutos me ha quedado claro que sé menos de lo que creía. ¿Cuánto dinero te pagó esa víbora?

—Bueno, aún no me lo ha dado todo.

—Ah, claro. Y me imagino que el precio será alto.

—El problema es que ahora Ashley dice que ya no quiere el bebé por los problemas que hay en su matrimonio.

—Me imagino que se refería a que estamos divorciados.

—No lo sé, supongo.

—Entonces, ¿tú no sabes nada sobre nosotros?

—No hay Internet en el hostal.

—¿Vives en un hostal?

–Sí –respondió ella, ruborizándose–. Solo estaba de paso y me quedé sin dinero, así que empecé a trabajar en el bar y... en fin, hace tres meses conocí a Ashley...

–¿De cuánto tiempo estás?

–De unas ocho semanas. Ashley ha decidido que ya no quiere el bebé, pero yo no quiero interrumpir el embarazo y, aunque me dijo que usted tampoco querría saber nada, pensé que debía venir para asegurarme.

–¿Por qué? ¿Porqué tú estarías dispuesta a hacerte cargo de ese hijo si yo no lo quisiera?

La joven dejó escapar una risita histérica.

–No, ahora no puedo hacerme cargo. Bueno, nunca. Yo no quiero tener hijos, pero me he metido en esto y... en fin... ¿cómo no voy a sentirme responsable? Ashley y yo casi nos hicimos amigas. Me contó su vida, me dijo que deseaba este bebé con toda su alma. Ahora no lo quiere, pero aunque ella haya cambiado de opinión yo no puedo cambiar lo que siento.

–¿Y qué vas a hacer si te digo que yo tampoco lo quiero?

–Darlo en adopción –respondió ella, como si fuera algo evidente–. Pensaba dárselo a Ashley de todos modos, ese era el acuerdo.

–Comprendo –Renzo pensaba a toda velocidad, intentando entender la absurda historia que contaba aquella desconocida–. ¿Y Ashley va a pagarte el resto de tus honorarios si sigues adelante con el embarazo?

La joven bajó la mirada.

–No.

–¿Por eso has venido a verme, para que yo te dé el dinero?

–No, he venido a verle porque me parecía lo más

correcto. Empezaba a preocuparme que usted no supiera nada del embarazo.

La rabia hacía que Renzo lo viese todo rojo.

–A ver si lo entiendo: mi exmujer te contrató a mis espaldas para que gestases a nuestro hijo.

–Pero yo no lo sabía –se defendió ella.

–Sigo sin entender cómo pudo manipularte a ti y a los médicos. No entiendo cómo pudo hacerlo sin que yo lo supiera y no entiendo qué pretendía ni por qué ahora se ha echado atrás. Tal vez sabe que no conseguirá ni un céntimo de mí y no quiere cargarse con un hijo indeseado durante el resto de su frívola existencia –Renzo sacudió la cabeza–. Pero Ashley decide las cosas por capricho y seguramente pensó que algo de esa magnitud sería una bonita sorpresa, como si fuera un bolso de diseño. Y, como es habitual en ella, ha decidido que ya no le apetece el bolso. No conozco sus motivos, pero el resultado es el mismo: que yo no sabía nada y no quiero ese hijo.

Ella dejó caer los hombros, como si se hubiera desinflado de repente.

–Muy bien –asintió, levantando la barbilla para mirarlo–. Si cambia de opinión, estoy en el hostal Americana. A menos que esté trabajando en el bar de enfrente –añadió, antes de darse la vuelta. Pero se detuvo en la puerta para mirarlo un momento–. Dice que antes no sabía nada, pero ahora lo sabe.

Cuando salió de su casa, Renzo decidió que no volvería a pensar en ella.

Renzo no dejaba de darle vueltas. No había forma de escapar. Llevaba tres días intentando olvidar su encuentro con la desconocida. No sabía su nombre, ni siquiera sabía si estaba diciendo la verdad o si era otro de los juegos de su exmujer.

Conociendo a Ashley, debía de ser eso, un juego, un extraño intento de atraerlo hacia su tela de araña. Había parecido conforme con la disolución de su matrimonio porque, según ella, siempre había sabido que terminarían así. El divorcio en Italia seguía siendo un asunto complicado y que él hubiera insistido en contraer matrimonio en Canadá dejaba claro que no se lo tomaba en serio.

Se imaginó que aquella era su venganza. La gestación subrogada no era legal en Italia y, sin duda, esa era la razón por la que había llevado a aquella chica a Santa Firenze.

Era una pena que su hermana, Allegra, hubiera roto su compromiso con el príncipe de ese país para casarse con su amigo, el duque español Cristian Acosta, que no podría ayudarlo en aquella situación.

Debería olvidar el asunto. Seguramente, la chica estaba mintiendo. Y, aunque no fuera así, ¿por qué iba a importarle? No era problema suyo.

Una punzada en la zona del corazón le dejó claro que no había bebido suficiente y decidió remediarlo, pero entonces recordó lo que la desconocida había dicho antes de marcharse.

Trabajaba en un bar cerca del Coliseo...

Renzo tomó una botella de whisky. No tenía sentido buscar a una mujer que, casi con toda seguridad, solo intentaba sacarle dinero.

Pero la posibilidad seguía ahí y no podía dejar de darle vueltas. No podía olvidarlo por Jillian, por todo lo que había ocurrido con ella.

Decidido, dejó la botella y se dirigió a la puerta. Iría al bar y se enfrentaría a aquella mujer. Solo así podría volver a casa y dormir en paz, sabiendo que era una mentirosa y que no había ningún hijo en camino.

Se detuvo un momento para reflexionar. Tal vez estaba siendo demasiado suspicaz, pero, dada su historia, era lo más sensato. Había perdido un hijo y no estaba dispuesto a perder otro.

Capítulo 2

ESTHER Abbott tomó aire mientras limpiaba las últimas mesas. Con un poco de suerte, recibiría una cantidad decente de dinero en propinas y entonces, por fin, podría descansar tranquila. Llevaba diez horas trabajando y le dolían los pies, pero ¿qué otra cosa podía hacer? Renzo Valenti no quería saber nada de ella y Ashley Bettencourt no quería saber nada del hijo que estaba esperando.

Si tuviese algo de sentido común, seguramente habría cumplido los deseos de Ashley y habría interrumpido el embarazo. Pero no podía hacerlo.

Al parecer, no tenía sentido común, pero sí unos sentimientos que hacían que todo aquello fuese imposible y doloroso.

Había ido a Europa para ser independiente, para ver mundo, para tener una perspectiva de la vida alejada del puño de hierro de su padre, de ese muro impenetrable con el que no podía razonar.

En el mundo de su padre, una mujer solo necesitaba educarse en las tareas del hogar. No necesitaba saber conducir cuando su marido podía acompañarla a todas partes, no tenía pensamientos propios o independencia y Esther siempre había anhelado ambas cosas.

Y era ese anhelo lo que había hecho que su padre

la echase de la comuna en la que había crecido y la razón por la que estaba metida en aquel lío. Podría haber renegado de las «cosas pecaminosas» que coleccionaba: libros, música. Pero se negaba a hacerlo.

En cierto modo, la decisión de marcharse había sido suya, aunque hubiera sido un ultimátum de su padre. La comuna era un sitio lleno de gente que pensaba del mismo modo, que se aferraba a su versión de los viejos tiempos y a tradiciones que habían retorcido como les convenía. Si se hubiera quedado allí, su familia la habría casado. En realidad, lo habrían hecho mucho tiempo atrás si no fuese tan problemática. Una chica con la que nadie querría casar a su hijo. Una hija a la que, al final, su padre había tenido que expulsar para dar ejemplo porque confundía el amor paternal con la necesidad de controlar a los demás.

Esther contuvo una risa amarga. Si pudiese verla en ese momento: embarazada, sola, trabajando en un pecaminoso bar y llevando una camiseta que dejaba al descubierto su ombligo. Todo eso era intolerable en la comuna.

¿Por qué le había hecho caso a Ashley? Bueno, ella sabía por qué. El dinero había sido una tentación porque quería ir a la universidad y alargar su estancia en Europa. Y porque atender mesas en un bar era un trabajo horrible.

No había nada de romántico en recorrer Europa con una mochila a la espalda, alojándose en sucios hostales y comiendo lo que podía, pero era algo más que eso. Ashley le había parecido tan vulnerable... había pintado la imagen de una pareja desesperada que necesitaba un hijo para evitar la ruptura.

El niño sería muy querido, le había dicho. Ashley le había contado todos los planes que tenía para el bebé... y a ella nunca la habían querido así, nunca en toda su vida.

Y había querido ser parte de eso.

Descubrir que todo era mentira, que la familia feliz que Ashley había pintado era una farsa, había sido lo más doloroso.

Su padre diría que ese era su castigo por ser tan avariciosa, desobediente y cabezota. Y esperaría que volviese a casa, pero no iba a hacerlo. Nunca.

Esther miró el increíble caos que era Roma. ¿Cómo iba a lamentar haber ido allí? Sería difícil tener el niño sin ayuda, pero lo haría. Y después del parto se encargaría de encontrar un hogar para él. Al fin y al cabo, no era su hijo de verdad, sino de Renzo y Ashley Valenti. Su responsabilidad solo era gestarlo.

De repente, sintió que se le erizaba el vello de la nuca y se dio la vuelta lentamente. Al otro lado del abarrotado bar, él llamaba la atención como un faro.

Alto, el pelo oscuro peinado hacia atrás descubría su ancha frente, el traje de chaqueta oscuro, seguramente hecho a medida, destacaba su imponente físico, con las manos en los bolsillos del pantalón mientras miraba a su alrededor.

Renzo Valenti.

El padre del hijo que esperaba, el hombre que tan cruelmente la había echado de su casa tres días antes. Le había dicho que no quería saber nada de ese bebé, que ni siquiera se creía su historia, de modo que no había esperado volver a verlo.

Pero allí estaba.

Esther experimentó una oleada de esperanza por el bebé y, debía confesar sintiéndose culpable, también por ella misma. La esperanza de recibir la compensación prometida por el embarazo.

Esther le hizo un gesto con la mano para llamar su atención y, cuando él la miró, todo pareció detenerse.

Sintió una oleada de calor por todo el cuerpo, una quemazón más abajo del estómago. De repente, sus pechos parecían pesados y le costaba respirar. Estaba inmovilizada por esa mirada, por los profundos ojos oscuros que parecían clavarla como a una mariposa de la colección de sus hermanos.

Estaba temblando y no sabía por qué. Pocas cosas la intimidaban. Desde que se enfrentó a su padre, a toda la comuna, negándose a condenar las «cosas diabólicas» que había llevado del exterior, no había mucho que la asustase. Se había agarrado a lo que quería, desafiando todo aquello que le habían enseñado, desafiando a su padre, y eso llevó a su expulsión del único hogar que había conocido.

Ese momento hacía que todo lo demás pareciese fácil.

Tal vez había temido que el mundo resultase tan aterrador y peligroso como sus padres decían que era, pero una vez que decidió arriesgarse y ser libre había hecho las paces con el mundo y con lo que pudiera pasarle.

Pero estaba temblando en ese momento y se sentía intimidada.

Entonces, él dio un paso adelante y fue como si un hilo invisible los conectase, como si hubiera una cuerda atada a su cintura de la que él estaba tirando.

El bar era muy ruidoso, pero, cuando habló, su voz fue como un cuchillo afilado y cortante.

—Creo que tú y yo tenemos que hablar.

—Ya lo hemos hecho —dijo ella, sorprendida por lo extraña que sonaba su voz—. Y no fue como yo había planeado.

—Apareciste en mi casa y lanzaste una bomba. No sé cómo esperabas que reaccionase.

—Yo no sabía que fuese una bomba. Pensé que íbamos a hablar de algo de lo que también usted era cómplice.

—Por desgracia para ti, yo no sabía nada. Pero, si lo que me has contado es cierto, tenemos que llegar a algún tipo de acuerdo.

—Lo que le conté es cierto. Tengo la documentación en el hostal.

—¿Y debo creer que esa documentación es auténtica?

—Yo no sabría cómo falsificar documentos médicos, le doy mi palabra.

—Tu palabra no significa nada para mí. No sé quién eres, no sé nada sobre ti. Lo único que sé es que apareciste en mi casa para contarme una historia increíble. ¿Por qué iba a creerte?

—No lo sé, pero es la verdad —respondió ella, intentando disimular un escalofrío al enfrentarse con su enfurecida mirada—. ¿Por qué iba a inventármelo?

—Llévame a tu hostal —dijo Renzo entonces, tomándola del brazo.

—Aún no he terminado mi turno.

El contacto de los dedos masculinos sobre su piel desnuda envió una descarga eléctrica por todo su cuerpo. Nunca el roce de un hombre le había provocado una reacción así. Aparte del médico o algún familiar, había tenido muy poco contacto físico con nadie y aquello era tan extraño... Sentía como si la quemase hasta las plantas de los pies.

Como si estuviera derritiéndose.

—Yo hablaré con tu jefe si hace falta, pero nos vamos ahora mismo.

–No debería...

Él esbozó una sonrisa, pero no era una sonrisa amable y no consiguió tranquilizarla. Al contrario.

–Pero lo harás, *cara mia*. Lo harás.

Después de tal afirmación, Esther se encontró siendo empujada hacia la calle. Hacía calor y el cuerpo de Renzo Valenti era como un horno a su lado mientras caminaba con paso decidido.

–No sabe dónde vivo.

–Sí lo sé. Soy capaz de buscar el nombre de un hostal y localizarlo. Y conozco bien Roma.

–No es por aquí –insistió ella, odiando sentirse tan impotente, tan dominada.

–Es por aquí –insistió él.

La ruta alternativa que había elegido era más rápida que la que ella solía tomar y, de repente, estaban frente a la puerta del hostal. Esther frunció el ceño, molesta.

–De nada –dijo Renzo, empujando la puerta con gesto arrogante.

–¿Por qué?

–Acabo de enseñarte una ruta más rápida que te ahorrará tiempo en el futuro, así que de nada.

Esther pasó a su lado para tomar un largo y estrecho pasillo hasta una pequeña habitación en la que había dos literas. En su opinión no estaba mal, aunque había empezado a sentirse incómoda a medida que crecían los síntomas del embarazo.

Se dirigió hacia una de las literas, donde guardaba todas sus cosas cuando no estaba durmiendo, y tomó su mochila.

Renzo Valenti entró en la habitación y su imponente presencia hizo que pareciese diminuta.

–Bienvenido –le dijo con sequedad.

–Gracias –respondió él, con un desdén casi cómico. Aunque era difícil encontrar algo gracioso en ese momento.

Esther abrió la mochila y buscó los papeles al fondo.

–Aquí están, los informes médicos y el acuerdo con Ashley, con la firma de las dos. Me imagino que reconocerá la firma de su mujer.

Él frunció el ceño, pensativo.

–Esto parece... parece que podría ser auténtico.

–¿Por qué no llama a Ashley y le pregunta? Está enfadada conmigo, pero ella le dirá que es verdad.

–¿Ashley quiere que interrumpas el embarazo?

Esther asintió con la cabeza.

–Pero no puedo hacerlo. Aunque el bebé no es hijo mío, sin mí tal vez no existiría y no puedo...

–Si de verdad es mi hijo tampoco es lo que yo quiero.

–Entonces, ¿quiere tenerlo?

Intentó descifrar su expresión, pero le resultaba imposible. Había pasado tantos años en una comunidad cerrada que una cara nueva siempre era una sorpresa. Salir al mundo después de toda una vida enclaustrada era extraño. Había tantas cosas nuevas: sonidos, voces, olores, acentos. Diferentes formas de expresar felicidad o tristeza.

Aunque a menudo se sentía en desventaja, a veces se preguntaba si era capaz de entender mejor a la gente que aquellos que no miraban con tanta atención. Siempre estaba atenta porque, si dejaba de estarlo, aunque solo fuera durante un segundo, se encontraría perdida en aquel interminable mar de humanidad.

Pero en el rostro de Renzo no era capaz de leer nada; era como si estuviese tallado en granito.

–Me haré responsable de mi hijo –dijo él entonces.

«Hacerse responsable» no era lo mismo que «querer» ese hijo, pero seguramente daba igual.

–Bueno, supongo que... –Esther no quería preguntar por el dinero, pero lo necesitaba desesperadamente.

–Pero lo primero que debemos hacer es sacarte de aquí –la interrumpió él mirando a su alrededor con gesto de desprecio–. La mujer que está gestando al heredero de la fortuna Valenti no puede alojarse en un sitio como este.

Ella torció el gesto. ¿El bebé que llevaba en su seno era heredero de una fortuna? Se había imaginado que los Valenti eran ricos por la forma de vestir de Ashley y por el lujoso hotel al que la llevó en Santa Firenze, pero no sabía que fuese un heredero.

–He estado aquí durante los últimos meses y no me ha pasado nada.

–Tal vez, pero ya no puedes quedarte aquí y tampoco seguirás trabajando en el bar. Te alojarás en mi casa.

Esther no podía respirar. Se sentía inmovilizada por esa oscura y fría mirada.

–¿Y si no quisiera hacerlo?

–No tienes elección –replicó él–. Una de las cláusulas de ese acuerdo dice que Ashley podría decidir la interrupción del embarazo si no quisiera que llegase a buen término. Eso es lo que ha pasado y eso significa que no recibirás nada a menos que aceptes mis exigencias. Yo te pagaré más de lo que habías acordado con mi exmujer, pero solo si haces lo que digo.

Esther se dejó caer sobre la litera, mareada. Se le doblaban las piernas y el ruido de la calle se colaba por las ventanas, uniéndose al caos que había en su cabeza.

–Muy bien –dijo por fin. En realidad, no se le ocurría ninguna razón para negarse.

Tal vez debería preocuparse por su seguridad. No sabía nada de aquel hombre, solo conocía su reputación como empresario. Bueno, también sabía que había estado casado con Ashley, que había demostrado ser una mentirosa y una manipuladora.

Pero no se le ocurría ninguna alternativa aparte de seguir adelante con el embarazo sin recursos ni ayuda de nadie. Y sería tan difícil, pensó, sintiéndose culpable.

Había pasado gran parte de su vida sintiéndose culpable por todo. Cada vez que sacaba un libro de la biblioteca del pueblo, cada vez que conseguía un CD de música que no debería escuchar.

Cuando la echaron de la comuna había decidido vivir a su manera, escuchar música pop sin sentirse culpable, tomar cereales con azúcar, ver películas, leer todos los libros que quisiera, incluyendo libros con expresiones soeces y escenas subidas de tono. Y no sentir vergüenza alguna.

Pero en ese momento se sentía avergonzada. Había aprovechado la oferta de Ashley porque le había parecido la oportunidad de hacer realidad sus sueños: ir a la universidad, seguir viajando, vivir una vida que no tuviese nada que ver con la comuna de su infancia.

Estaba tan decidida a no volver a esa pequeña y claustrofóbica existencia que había ignorado lo que le decía su conciencia.

Pero era imposible seguir ignorando que estaba esperando un bebé, que tenía responsabilidad en todo aquello. Y que si no hacía lo que decía Renzo Valenti...

Había muchas posibilidades de que se quedase sin

nada. ¿Y todo para qué? Por un dinero que, al final, no recibiría.

De modo que se colocó la mochila a la espalda y se volvió para mirar a Renzo.

—Muy bien, iré contigo —anunció, tuteándolo por primera vez.

Capítulo 3

RENZO conducía de vuelta a la villa empujado por la adrenalina y la ira en igual medida. No se le escapaba que la joven, cuyo nombre había leído en los documentos, miraba el lujoso vehículo italiano con la expresión de un ratoncillo de campo.

Pero eso daba igual. La realidad de la situación era tan dura que el pulso le latía en la garganta y le ardía la sangre. Un hijo. Esther Abbott, una joven mochilera estadounidense, estaba esperando un hijo suyo. Sí, tendría que verificar todo aquello con Ashley, pero se sentía inclinado a creerla. No tenía razones para hacerlo, solo su instinto. Y la idea de confiar en su instinto lo hacía reír. Normalmente, confiaba más en su intelecto, que solía creer por encima de cualquier reproche.

En asuntos de negocios, claro. El instinto, heredado de su padre, lo empujaba en ese campo. Al parecer, en otros asuntos no era capaz de discernir. O de ser tan infalible. Su exmujer era uno de los mejores ejemplos.

Y Jillian.

Mujeres. Parecía tener tendencia a dejarse engañar por ellas. Aunque nunca involucraba el corazón en sus relaciones, parecía tener la habilidad de encontrar mujeres capaces de jugársela.

Miró de soslayo a Esther antes de volver a concentrarse en la carretera. No tendría esos problemas con ella. Era una chica normal, guapa seguramente, pero no llevaba una gota de maquillaje y sus cejas oscuras eran un poco más gruesas de lo que a él solía gustarle. Tenía sombras oscuras bajo los ojos y no sabía si era por cansancio o, sencillamente, parte de su fisonomía. Estaba tan acostumbrado a ver a las mujeres maquilladas que no podría decirlo.

Los labios, seguramente su rasgo más atractivo, eran gruesos, carnosos. Aunque también tenía un cuerpo bonito. Sus pechos no eran grandes, pero sí altos y bien formados. Y estaba claro que no llevaba sujetador bajo la camiseta.

Pero sus pechos daban igual, lo único que importaba era su útero y si de verdad estaba esperando un hijo suyo.

Giró para tomar un camino flanqueado por árboles y atravesó la verja de hierro que daba entrada a la finca. Unos segundos después, bajó del coche y abrió la puerta del pasajero.

–Bienvenida a tu nuevo hogar –dijo en un tono que era todo menos cordial. Ella se mordió el labio inferior mientras tomaba la mochila y salía del coche, mirando a su alrededor con los ojos como platos–. Estuviste aquí hace un par de días. No sé por qué pones esa cara de susto.

–Eres tú quien me da miedo. Y una casa como esta, que es prácticamente un castillo... bueno, eso también –Esther tomó aire–. Ya sé que he estado aquí antes, pero ahora es diferente. Entonces solo vine a hablarte del bebé, no pensaba que me alojaría aquí.

–¿Vas a decirme que prefieres el hostal? Aceptaste gestar a mi hijo por dinero, así que no vas a hacerme creer que no te interesan las cosas materiales.

Ella negó con la cabeza.

–No es eso. Es que quería ir a la universidad.

Él frunció el ceño.

–¿Cuántos años tienes?

–Veintitrés.

La misma edad que su hermana, Allegra. Si pudiera sentir empatía por los demás, la sentiría por ella, pero esos sentimientos habían sido aplastados años atrás; la empatía había sido reemplazada por una vaga preocupación.

–¿Y no has podido solicitar una beca?

–No, porque tenía que pagar para hacer los exámenes de convalidación. No fui al instituto, pero creo que mis notas son lo bastante buenas como para entrar en algunas universidades. Y para eso necesitaba dinero.

–¿No fuiste al instituto?

Ella frunció los labios.

–Estudiaba en casa –respondió Esther–. En fin, no es que quisiera comprarme un yate con ese dinero. Y, aunque así fuera, nadie gesta un hijo gratis para una pareja de desconocidos.

Renzo se encogió de hombros.

–No, supongo que no. Ven conmigo.

Cuando entraron en la casa se sintió perdido de repente. Su ama de llaves se había retirado a su habitación y allí estaba con aquella criatura...

–Me imagino que estarás cansada.

–Y hambrienta –respondió ella.

–La cocina está por aquí.

La llevó a través de la lujosa villa, escuchando el ruido de sus pasos tras él, hasta que llegaron a la cocina. La casa, que había sido construida varios siglos atrás, había sido reformada y contaba con todas las comodidades modernas.

–Puedes comer lo que quieras –le dijo, abriendo un enorme frigorífico de acero inoxidable. Su ama de llaves solía dejar comida preparada en el congelador y rebuscó hasta encontrar lo que parecía un recipiente con pasta–. Aquí tienes –dijo, dejándolo sobre la mesa.

No se quedó para ver lo que hacía. Salió de la cocina y subió la escalera para dirigirse a su despacho y llamar a su exmujer.

Ashley respondió enseguida y no le sorprendió. Si tenía intención de hablar con él respondería enseguida. Si no, ni siquiera se hubiera molestado en poner el contestador. Era extrema para todo.

–Hola, Renzo –dijo ella con tono aburrido–. ¿A qué debo este placer?

–Cuando sepas lo que tengo que decir puede que no sea un placer hablar conmigo.

–Hace meses que no es un placer hablar contigo.

–Solo estuvimos casados durante seis meses, así que espero que eso sea una exageración.

–No, no lo es. ¿Por qué crees que tenía que buscar satisfacción en otros hombres?

–Si estás hablando de satisfacción emocional, tengo varias respuestas, pero si lo que quieres decir es que no te satisfacía físicamente tendré que llamarte mentirosa.

Ashley soltó un bufido.

–En la vida hay algo más que sexo.

–Desde luego que sí. Por ejemplo, la mujer que está en mi cocina ahora mismo.

–Estamos divorciados y quién esté en tu cocina, o en tu cama, no es asunto mío.

–Lo es porque se trata de Esther Abbott, una mujer que dice tener un acuerdo contigo para gestar a «nuestro» hijo.

Al otro lado de la línea hubo una pausa y Renzo casi se sintió satisfecho por haberla dejado sin habla, una tarea casi imposible con Ashley. Incluso cuando la pilló en la cama con otro hombre insistió en gritar y llorar para salirse con la suya. No, Ashley no dejaba que nadie más tuviese la última palabra y su silencio era revelador. Aunque no sabía si revelaba sorpresa o rabia por haber sido descubierta.

–Pensé que un hijo podría salvarnos, pero eso fue antes de que el divorcio estuviese finalizado, antes de que tú descubrieses lo de los otros.

–Ya, claro. Los otros cinco hombres con los que te acostabas mientras estabas casada conmigo.

Ashley se rio.

–Siete, creo.

Daba igual. Cinco, siete o solo uno, con el que la había pillado. Tenía la impresión de que a Ashley tampoco le importaba.

–Entonces es verdad –dijo con tono seco.

–Sí –respondió ella.

–Pero ¿cómo?

Ashley dejó escapar un resoplido de impaciencia.

–La última vez que estuvimos juntos usaste un preservativo y yo... bueno, lo usé después de que tú lo descartases. Eso fue suficiente.

Renzo masculló una palabrota.

–No podrías haber caído más bajo.

–Supongo que eso está por ver –respondió Ashley con un tono cortante como el cristal–. Aún me queda mucha vida por delante, pero no te preocupes, tú no serás parte de ella. Si puedo o no caer más bajo ya no es asunto tuyo.

–Esa mujer está embarazada de «nuestro» hijo –le recordó Renzo.

–Porque es una cabezota. Le dije que no quería seguir adelante. De hecho, le dije que no le pagaría el resto de sus honorarios.

–Lo sé. Solo te he llamado para confirmarlo.

–¿Qué piensas hacer?

Esa era una buena pregunta. Iba a hacerse cargo de su hijo, naturalmente. Pero ¿cómo iba a explicárselo a sus padres? ¿Y a los medios de comunicación, que publicarían noticias que algún día leería su hijo? Tendría que ser sincero sobre el engaño de Ashley o inventar una historia sobre una madre que había abandonado a su hijo.

Y no estaba dispuesto a eso.

Pero la gestación subrogada no era legal en Italia. Ningún acuerdo sería legal allí y podría aprovecharse de ello.

–Esther Abbott está embarazada de mi hijo y haré lo que tengo que hacer –respondió, con tono decidido.

Había estado antes en una situación similar, pero entonces no tenía ningún poder. La mujer, su marido, sus padres, todos habían tomado la decisión por él. Su imprudente aventura con Jillian le había costado algo más que su virginidad.

Se había convertido en padre de una niña a los dieciséis años, pero le habían prohibido tener ningún tipo de relación con ella. No existía para su hija. Todos, sus padres, su amante, el marido de su amante, habían inventado una historia para proteger su matrimonio, su reputación y a la niña.

Pero no habían contado con él porque era menor de edad.

No permitiría que algo así volviera a pasar. No dejaría que lo apartasen. No pondría a su hijo, ni a sí mismo, en tan precaria situación.

–¿Y cómo piensas solucionarlo? –insistió Ashley.

–Haré lo que haría cualquier hombre responsable en mi situación: casarme con Esther Abbott.

Esther nunca había visto una cocina así. Había tardado más de diez minutos en descubrir cómo funcionaba el microondas y la pasta había terminado fría por un lado y ardiendo por otro. Se había quemado la lengua, pero estaba deliciosa.

La pasta era uno de sus recientes descubrimientos. Probar nuevos alimentos había sido una de las partes favoritas del viaje. *Scones* en Inglaterra, *macarons* en Francia. Había disfrutado de su aventura culinaria casi tanto como de los paisajes o la gente.

Aunque a veces echaba de menos el pan moreno y el sencillo guiso de carne de su madre.

Experimentó entonces una punzada de nostalgia. Era raro, pero a veces le ocurría. Su infancia había sido difícil, pero segura. Y lo único que conocía.

Oyó pasos y, un segundo después, cuando Renzo entró en la cocina, esa mirada oscura consumió la nostalgia. Dentro de ella solo había sitio para esa dura y cortante intensidad.

–Acabo de hablar con Ashley.

De repente, la pasta le sabía a serrín.

–Me imagino que te ha dicho lo que tú no querías escuchar.

–Así es.

–Lo siento, pero todo es verdad. No he venido aquí para aprovecharme de ti y de verdad no podría haber falsificado esos documentos. Ni siquiera había ido nunca al médico hasta que Ashley me llevó a Santa Firenze.

–¿Cómo que no habías ido al médico?

Renzo frunció el ceño y Esther se dio cuenta de que había dicho algo que no debería. Lo hacía a menudo porque no conocía las líneas divisorias. A veces pensaba que la gente la veía diferente solo porque era estadounidense, pero también era diferente a la mayoría de sus compatriotas.

–Vivía en un pueblo muy pequeño –intentó explicar.

Una mentira. Había tenido que mentir muchas veces, cuando su padre le preguntaba si estaba contenta, cuando su madre le preguntaba por sus planes de futuro. Siempre había tenido que mentir, de modo que ocultar su extraño pasado no había resultado tan difícil.

–¿Tan pequeño que no había médicos?

–Sí, había uno –respondió Esther. Era cierto. Había un médico en la comuna.

Renzo hizo un gesto de extrañeza.

–En fin, Ashley me ha confirmado lo del acuerdo. Sé que te encuentras en una posición nada envidiable... o tal vez sea envidiable, depende de tu perspectiva. Dime, Esther, ¿cuáles son tus objetivos en la vida?

Era una pregunta extraña. Sus padres nunca le preguntaban qué quería hacer porque decían saber cuál era su deber. Nadie le había preguntado si eso la hacía feliz, nadie le había preguntado por sus objetivos.

Pero él le estaba preguntando y eso hizo que deseara contárselo.

–Quiero viajar e ir a la universidad. Quiero tener una educación.

–¿Con qué fin?

–¿Qué quieres decir?

–¿Qué quieres estudiar? ¿Historia, Arte, Administración de empresas?

–Todo –Esther se encogió de hombros–. Quiero saber cosas.

–Eso es muy complejo, pero posible. ¿Hay alguna ciudad mejor que Roma para conocer la Historia?

–París y Londres son opciones diferentes, pero entiendo lo que quieres decir. Y sí, sé que puedo educarme aquí, pero quiero algo más.

Renzo empezó a pasear por la cocina y la determinación que había en cada uno de sus pasos la hizo sentirse tan pequeña como un ratoncito frente a un enorme gato.

–¿Y por qué no vas a tenerlo todo? Mira a tu alrededor. Yo tuve la suerte de nacer en el seno de una familia rica. Y sí, he hecho todo lo posible para merecerme ese puesto. Asumí el timón de la empresa familiar y nadie se ha quejado hasta ahora.

–Me alegro por ti –dijo ella.

–Podría ser muy conveniente para ti –siguió Renzo, mirándola a los ojos.

Y esa mirada le puso el vello de punta. Sentía una desazón que no podía controlar, ni siquiera frotándose los brazos vigorosamente.

–¿Ah, sí?

–Soy un hombre con muchos recursos. Ashley no fue tan generosa contigo como debería, pero yo puedo darte el mundo entero.

Esther se aclaró la garganta, nerviosa.

–Eres muy amable, pero solo tengo una mochila. No sé si el mundo entero cabría dentro.

–Esa es la cuestión.

–¿Qué cuestión?

–Tendrás que olvidarte de la mochila.

–No sé si lo entiendo.

–Hay pocas cosas que me limiten, salvo la percepción del público y las opiniones conservadoras de mis padres. Ellos han hecho todo lo posible para que me convirtiese en el hombre que soy –Renzo apretó la mandíbula–. Me casé con Ashley porque era lo que ellos esperaban. Matrimonio, hijos. Lo que no esperan es un escándalo o que los medios de comunicación descubran que mi exmujer conspiró contra mí. No quiero que me tomen por tonto, Esther. No permitiré que el apellido Valenti sea ridiculizado por un error mío.

–Sigo sin entender qué tiene que ver eso conmigo.

–En realidad, esta situación no tiene precedentes, pero he decidido lo que debemos hacer.

–Por favor, explícamelo.

Renzo la miró atentamente. La había mirado antes, pero en aquella ocasión Esther sintió algo diferente.

Porque aquello era diferente. Tuviese o no sentido, era diferente. Su mirada era penetrante, como si estuviese buscando algo en su interior, como si pudiese ver bajo su ropa. Como si estuviera intentando descubrir de qué estaba hecha.

Su mirada le produjo un extraño cosquilleo entre los muslos y contuvo el aliento, intentando controlar las lágrimas que asomaban a sus ojos. No sabía por qué tenía ganas de llorar, pero aquello le parecía tan grande, tan nuevo y tan poco familiar...

–Esther Abbott –dijo él entonces, su voz ronca se deslizaba sobre su piel como una caricia–. Vas a ser mi mujer.

Capítulo 4

AQUELLO debía de ser un sueño. Esther tenía la extraña sensación de estar separada de su cuerpo, de mirar la escena desde arriba, como si estuviera ocurriéndole a otra persona. Porque ella no podía estar en una histórica mansión italiana, con el hombre más guapo que había visto en toda su vida diciéndole que iba a casarse con ella.

«Guapo» no era el adjetivo adecuado para definir a Renzo, pensó. No, era demasiado duro, sus pómulos demasiado cortantes, la mandíbula demasiado cuadrada. Y sus ojos oscuros no eran más suaves. Era tentador, pero letal.

Pensó entonces en lo ridículo que era concentrarse en su apariencia cuando Renzo acababa de anunciar su intención de convertirla en su mujer. «Su mujer».

Pertenecer a un hombre otra vez era su peor pesadilla. No podría soportarlo. Renzo no se parecía a su padre y la situación era diferente, pero sentía como si no pudiera respirar, como si las paredes estuvieran cerrándose en torno a ella.

—No, eso es imposible —consiguió decir, el pánico aleteaba en su interior como un pajarillo asustado—. No puedo hacerlo. Tengo objetivos que no incluyen ser tu...

—No hay un solo objetivo que yo no pueda ayudarte a conseguir con más facilidad.

Ella negó con la cabeza.

–Pero ¿no lo entiendes? Esa no es la cuestión. No quiero quedarme en Roma, quiero ver el mundo.

–Hasta ahora solo has visto viejos hostales y bares sucios, qué romántico. Me imagino que es difícil ver el mundo cuando tienes que estar sirviendo mesas.

–Tengo tiempo libre y vivo en el centro de la ciudad, así que tengo todo lo que quiero –replicó ella–. Tal vez tú no lo entiendes porque lo has recibido todo al nacer. Yo no tengo nada que heredar. Una casa diminuta en un pueblo pequeño en medio de las montañas... y ni siquiera es mía, sino de mi padre. Y no la habría heredado de todas formas porque habría pasado a alguno de mis seis hermanos. Sí, seis hermanos. Pero a ninguna de mis tres hermanas porque para nosotras no había nada –Esther tomó aire–. Estoy orgullosa de lo que tengo y no voy a permitir que tú me hagas sentir como una pordiosera.

–Pero es que no tienes nada, *cara* –replicó él, con un tono cortante como un cuchillo–. Quieres ir a la universidad, quieres aprender cosas, quieres ver el mundo... pues ven a mi mundo. Te garantizo que es mucho más ancho e interesante que el tuyo.

Esas palabras parecían repetirse como un eco, como una promesa de la que quería escapar con todas las fibras de su ser. «Casi» todas las fibras de su ser. Una parte de ella estaba intrigada y quería quedarse. Había algo en él que le hacía eso y era más poderoso que la vocecita interior que le decía: «Sal corriendo».

–No te necesito, solo necesito el pago que Ashley me prometió y luego podré mejorar mis circunstancias.

–Pero... ¿por qué conformarse con una pequeña cantidad de dinero cuando puedes tener acceso a toda mi fortuna?

–No sabría qué hacer con tanto dinero. Francamente, tener algo que sea mío será una experiencia nueva para mí. Pensar en algo más me supera.

–Pero no tiene por qué ser así –insistió Renzo, envolviéndola con su voz de terciopelo.

Su madre había tenido razón: el demonio no era feo porque eso no sería tentador. El demonio era bellísimo. El demonio, cada vez estaba más convencida, era Renzo Valenti.

–Creo que estás loco. Y creo que empiezo a entender por qué te dejó tu mujer.

Renzo soltó una carcajada.

–¿Eso es lo que te ha contado, que ella me dejó? Una de sus muchas mentiras. Fui yo quien echó a esa arpía a la calle después de pillarla en la cama con otro hombre.

Esther intentó disimular su sorpresa, intentó no parecer tan inocente e ingenua como era en realidad. Que alguien vulnerase las promesas matrimoniales era algo muy extraño para ella. En la comuna, el matrimonio era sagrado. Otra razón por la que la sugerencia de Renzo era completamente inadmisible para ella.

–¿Te engañó?

–Sí, lo hizo. Pero, como ya te he contado, yo le fui fiel. No diré que elegí a Ashley por amor, pero al principio nos llevábamos bien. Era una relación divertida.

–¿Divertida?

–En algunas habitaciones, sí.

El significado de lo que estaba diciendo se le escapaba, pero intuía que se refería a algo lascivo y eso hizo que se pusiera colorada.

–Bueno, eso es... yo no... yo no soy la esposa que tú necesitas –dijo por fin. Porque si no podía hacerse una idea de lo que estaba diciendo, sabía sin la menor duda que no podría tener esa clase de relación con él.

Nunca la habían besado y ser la esposa de alguien... en fin, ella no tenía experiencia en ese asunto. Y tampoco tenía el deseo de tenerla. Algún día quizá querría estar con alguien. Estaba en su lista, pero muy abajo.

El sexo era una curiosidad para ella. Había leído escenas de amor en libros, las había visto en películas, pero sabía que no estaba preparada, y no tanto por la parte física, sino por su incapacidad de conectar a ese nivel tan íntimo con otra persona.

Y, por el momento, estaba demasiado ocupada descubriendo quién era y lo que quería de la vida. Nunca había visto un matrimonio donde el hombre no llevase el mando y controlase a la esposa con mano de hierro.

Ella jamás se sometería a eso.

—¿Por qué? ¿Porque tienes alguna fantasía infantil de casarte por amor?

—No, al contrario. En realidad, tengo la fantasía de no casarme nunca. Y en cuanto al amor, no lo conozco en el sentido en que tú hablas de él. Lo que yo he visto es posesión, control, y no tengo el menor interés.

—Comprendo. Entonces, eres todo lo que pareces ser. Alguien que cambia con el viento y se mueve a voluntad, sin pensar en las consecuencias.

Hablaba con tal desdén que Esther se enfadó.

—Nunca he fingido ser otra cosa. ¿Por qué iba a hacerlo? No tengo ninguna obligación ni contigo ni con nadie y así es como quiero que sea, pero yo me he metido en esta situación y pienso actuar con integridad. Solo quería confirmar si tú sabías lo del bebé.

—Y, sin embargo, no se te ocurrió hablar conmigo antes de que Ashley cambiase de opinión.

Ella dejó escapar un largo suspiro.

–Lo sé. Debería haberlo hecho, por eso vine a verte. Ashley me dijo que tú querías un hijo desesperadamente y no me podía creer que hubieras cambiado de opinión.

–Mi exmujer es una mentirosa muy convincente.

–Está claro, pero yo no quiero mezclarme en nada de esto. Solo quiero tener el bebé y seguir mi camino.

–Lo que ocurra después del parto podemos negociarlo, pero nos comportaremos como una pareja comprometida hasta entonces.

–No entiendo. Yo no quiero...

–Soy un hombre muy poderoso, Esther –la interrumpió Renzo–. Que no te eche sobre mi hombro para llevarte a la iglesia más próxima, donde sin duda podría convencer a cualquier sacerdote de que hago lo correcto, demuestra que estoy siendo magnánimo contigo. Tampoco yo estoy encantado con la idea de volver a casarme después de lo que ha pasado con Ashley, así que está decidido. Harás el papel de mi prometida ante los medios de comunicación hasta que nazca el niño y después... bueno, el precio de tu libertad puede ser negociado.

–¿Saldremos en las noticias? –preguntó Esther. La idea de que sus padres la viesen con él era aterradora.

–En las revistas de cotilleos sobre todo y tal vez en alguna sección de Sociedad de los periódicos respetables, pero solo en Europa. No creo que en tu país tengan tanto interés por mí.

Ella dejó escapar un largo suspiro.

–Muy bien. Entonces tal vez no sea tan horrible.

Renzo frunció el ceño.

–¿Te escondes de alguien? Porque necesito saberlo. Tengo que saber qué puede poner a mi hijo en peligro.

–No me escondo de nadie y te aseguro que no estoy en peligro, pero mis padres son muy estrictos y no aprueban lo que estoy haciendo. No me gustaría que supieran que estoy embarazada sin haberme casado.

Sabía que marcharse de casa significaba romper con ellos para siempre, pero se sentiría avergonzada si la vieran en esa situación.

–¿Son muy tradicionales?

–No tienes ni idea. Ni siquiera me dejaban maquillarme o vestirme como quería.

–Me temo que en ese aspecto también tendrás que saltarte las reglas.

–¿Por qué? –preguntó ella. Tenía libertad para ponerse lo que quisiera, pero aún no había comprado maquillaje porque no había tenido ocasión.

–Porque las mujeres con las que salgo tienen un aspecto muy específico.

Debían de ser las mujeres de las que su madre solía hablar: caídas en desgracia, perdidas.

Le costaba hacerse a la idea de que la presentaría ante el mundo de ese modo.

–¿Acudes a muchos actos sociales?

–A muchos, sí. El mundo que te mostraré es un mundo al que tú no hubieras tenido acceso por ti misma. Si quieres experiencias, yo puedo darte experiencias con las que nunca habrías soñado.

Esas palabras le produjeron un cosquilleo en la base de la espina dorsal, haciéndola sentirse emocionada y vacía al mismo tiempo.

–Muy bien –asintió a toda prisa. Porque, si se paraba a pensarlo, seguramente saldría corriendo–. Lo haré.

–¿Qué harás exactamente?

–Haré el papel de tu prometida y luego, cuando nazca el niño, me iré.

Renzo alargó la mano para levantarle la barbilla con un dedo. Su roce la quemaba; era como un incendio que se extendía por todo su cuerpo.

–Estupendo, Esther –pronunció su nombre como una caricia–. A partir de ahora, estás prometida.

Renzo sabía que tendría que ir con mucho cuidado durante las próximas semanas. Todo lo demás en su vida había quedado en suspenso. Tenía a una criatura desaliñada en su casa y pronto tendría que presentarla ante el mundo como su prometida. Cuanto antes, mejor. Antes de que Ashley tuviese tiempo de envenenar a los medios de comunicación.

Ya había puesto en marcha su plan para evitarlo: antes de que saliera el sol en Canadá su abogado le ofrecería una generosa gratificación. Ashley no querría desafiarlo si temía perder ese dinero ya que, según el acuerdo prematrimonial que habían firmado, no recibiría pensión alguna. A su exmujer le gustaba ser el centro de atención, pero el dinero le gustaba aún más.

Pero aún quedaba el problema de sus padres y ese era un grave problema.

Se imaginó que, a pesar de las circunstancias, les encantaría saber que iban a tener un nieto. Y, en realidad, les alegraría que Ashley ya no formase parte de su vida.

Pero Esther era un problema que tendría que resolver.

Con desgana, levantó el teléfono y marcó el número de su madre.

–Hola, Renzo. No me llamas lo suficiente.

–Sí, eso me dices cada vez que te llamo.

–Porque es verdad. Así que dime, ¿qué es lo que quieres? Porque nunca llamas solo para saber cómo estoy.

Renzo tuvo que reírse. Su madre lo conocía demasiado bien.

–Me preguntaba qué planes teníais para cenar.

–Tenemos planes para cenar todas las noches, Renzo. Esta noche en concreto tenemos cordero con verduras y risotto.

–Estupendo, madre. ¿Tenéis sitio en la mesa?

–¿Para quién?

–Para mí y para una acompañante.

–¿Tan pronto después del divorcio? –su madre pronunció esa palabra como si fuera anatema. Porque para ella lo era, claro.

–Sí, madre. En realidad, es algo más que una acompañante. Voy a presentaros a mi prometida, Esther Abbott.

Al otro lado de la línea hubo un silencio y eso le preocupó más que una bronca.

–¿Abbott? ¿De dónde es su familia?

Renzo pensó en el pueblo pequeño en medio de las montañas y le dieron ganas de reír.

–No la conoces.

–Por favor, dime que no has elegido a otra canadiense.

–No, en ese sentido puedes estar tranquila. Es estadounidense.

El gemido ahogado al otro lado de la línea no era del todo inesperado.

–¡Eso es peor aún!

–La decisión está tomada.

Renzo pensó en contarle lo del embarazo, pero decidió que esa era una noticia que debía dar en persona. Su madre aún no había superado que la noticia del embarazo de Allegra le hubiese llegado por terceras personas.

–Muy típico de ti –dijo su madre.

No había condena en su tono, pero Renzo recordó un tiempo en el que sí lo había condenado, cuando permitió que otras personas tomaran una importante decisión por él. No quería pensar en Jillian, ni en su hija, que estaba siendo criada por otro hombre y a la que veía en algunos actos sociales.

Una de las muchas razones por las que solía beber en esos eventos. Era mejor recordar poco al día siguiente.

Tenía dieciséis años cuando sus padres lo animaron a aceptar esa decisión y desde entonces había cambiado por completo. No estaba resentido contra ellos porque sabía que, para sus padres, era la mejor decisión. Y lo había sido porque entonces no estaba preparado para ser padre. Pero en ese momento sí lo estaba.

–Ya me conoces. ¿Pero seremos bienvenidos en tu casa o no?

–No sé si hay comida para tanta gente. Tendremos que ir al mercado...

–Cuando dices «tendremos» te refieres a tus empleados, a los que pagas muy bien. Me imagino que no tendrán ningún problema.

–Pues claro que lo tendrán, será un calvario. Os espero a las ocho, y no llegues tarde porque no pienso esperar –le advirtió su madre–. Y no querrás que haya tomado más de una copa cuando aparezcas.

Renzo esbozó una sonrisa.

–No, desde luego que no.

Después de colgar, llamó a la estilista personal de

su madre para pedirle que fuera a su casa con un peluquero y un maquillador.

No sabía si podrían hacer algo con Esther. Era difícil decirlo. Las mujeres con las que salía eran clásicas piezas de arquitectura o de nueva construcción. No tenía experiencia en reformas totales.

Pero no era fea y seguramente podría hacerla pasar por una mujer con la que querría salir. Esa idea casi lo hizo reír. Estaba embarazada de su hijo y, aunque tendría que hacer una prueba de ADN para confirmar su paternidad, nadie pediría una prueba de maternidad y, por lo tanto, nadie la cuestionaría.

Pero, cuando la encontró sentada bajo una ventana del comedor, con los ojos cerrados y un cuenco de cereales en la mano, supo que había hecho lo correcto al pedir un equipo de estilistas.

–¿Qué haces?

Ella dio un respingo.

–Estaba disfrutando del sol –respondió.

–Hay una mesa –dijo Renzo, señalando la larga mesa de madera labrada, más vieja que ellos dos juntos.

–Para sentarme frente a la ventana habría tenido que mover una silla, pero son muy pesadas y no quería rozar la madera. Además, no me importa sentarme en el suelo, está calentito.

–Esta noche iremos a cenar a casa de mis padres y espero que no te sientes en el suelo.

Se la imaginó sentada en un rincón, royendo una pata de cordero, y estuvo a punto de soltar una carcajada. Eso disgustaría a su madre. Aunque, habiendo sido prevenida de que Esther era estadounidense, tal vez no encontrase tan extraño su comportamiento.

–No, claro que no –respondió ella, claramente molesta.

Se había cambiado la camiseta negra por una de color marrón y la falda larga del día anterior por otra de colores, pero seguía pareciendo una hippy.

El día anterior su rostro le había parecido vulgar, pero en aquel momento, por alguna razón, lo vio limpio, fresco. Había algo... no bello, porque aquella exótica criatura no podría ser llamada así, pero sí natural. Como si se hubiera materializado en un jardín en lugar de haber nacido.

Y ese era un pensamiento más extravagante de lo habitual en él, que solía limitarse a pensar si estarían o no atractivas sin ropa, si querrían estar desnudas con él y luego, después de que así fuera, cómo iba a librarse de ellas.

—Bien, porque mis padres no son precisamente flexibles y tampoco muy cordiales. Son mayores, anticuados, una familia muy antigua y orgullosa de su linaje y su apellido. Les he dicho que vamos a casarnos y que eres estadounidense... y ninguna de esas cosas les ha hecho gracia. O, más bien, a mi madre no le ha hecho gracia y a mi padre, cuando lo sepa, tampoco se la hará.

Ella lo miró con expresión preocupada y eso le resultó curioso. Alguien como ella no debería preocuparse por lo que pensaran los demás.

—No parece que vaya a ser una cena muy agradable —dijo por fin, después de una larga pausa.

—Las cenas con mis padres nunca lo son, pero se pueden soportar.

—Tengo aversión a ser juzgada —dijo Esther entonces.

—A mí me gusta. Me parece liberador desmontar las expectativas de los demás.

–No es verdad, todo el mundo quiere complacer a sus padres –replicó ella, con el ceño fruncido–. O si no a sus padres, a otras personas.

–Tú misma has dicho que abandonaste a tus padres y que no estaban contentos contigo. Parece que no te preocupa mucho complacerlos.

–Pero lo hice durante mucho tiempo. Y la única razón por la que me fui es que necesitaba sentirme libre.

Esas palabras tocaron algo profundo dentro de él, aunque no sabía por qué.

–Bueno, hay mucho trabajo que hacer si queremos cenar con mis padres esta noche.

–¿A qué te refieres? –Esther parecía auténticamente sorprendida, como si no supiese a qué se refería.

Sentada en el suelo, con una camiseta y una de esas horribles faldas, estaría mejor en un mercadillo que en su casa, pensó. De verdad era una criatura extraña. Las diferencias entre los dos deberían ser evidentes y, sin embargo, ella no parecía darse cuenta. O, más bien, no parecía importarle.

–Tu aspecto, Esther.

–¿Qué hay de malo en mi aspecto?

–¿Qué pensabas ponerte esta noche?

Ella bajó la mirada.

–Esto, supongo.

–¿Y no notas una pequeña diferencia entre tu forma de vestir y la mía?

–¿Quieres que me ponga un esmoquin?

–Esto no es un esmoquin, es un traje de chaqueta. Hay una gran diferencia.

–Ah, qué interesante.

Renzo tenía la impresión de que no le parecía interesante en absoluto.

–Me he tomado la libertad de pedir un vestuario nuevo para ti –le dijo, mirando su reloj–. Deberían llegar en cualquier momento.

En ese momento, el ama de llaves entró en la habitación con gesto preocupado.

–Señor Valenti, Tierra está aquí.

La estilista usaba solo ese nombre tan particular.

–Estupendo.

–¿Le digo que entre con todas sus cosas? Ha venido cargada de maletas.

–Sí, pero dile que suba a la habitación de Esther, por favor.

–¿Esa es tu forma de decir que no te gusta la ropa que llevo? –protestó ella.

–No, es mi forma de decir que lo que llevas no es aceptable. Lo sería si siguieras sirviendo mesas en un bar lleno de turistas, pero no es aceptable si quieres ser presentada ante el mundo como mi prometida y tampoco para conocer a mis padres.

Luciana torció el gesto y empezó a hablar en un vertiginoso italiano que, por suerte, Esther no podría entender.

–Está embarazada de mi hijo –le explicó Renzo–. No puedo hacer otra cosa.

La mujer sacudió la cabeza.

–Te has convertido en una mala persona –le espetó antes de salir de la habitación. Y esa última frase la pronunció despacio para que Esther lo entendiese.

–¿Por qué está enfadada contigo?

–Parece creer que he dejado embarazada a una pobre turista estadounidense mientras estaba casado. Es lógico que se haya enfadado.

–Pero ¿no trabaja para ti?

–Luciana prácticamente vino con la casa, que

compré hace más de una década. A veces es difícil saber quién trabaja para quién.

–¿Y vas a comprarme ropa?

–Eso es. Y vamos a quemar la antigua.

–Eso no es muy agradable –replicó Esther, molesta.

Renzo enarcó una burlona ceja.

–¿Ah, no? Pues lo siento, estaba intentando ser amable.

–Lo dudo.

–No te enfades. Y recuerda que debes fingir que eres mi prometida delante de Luciana y de Tierra.

Esther torció el gesto, pero se dirigió a su habitación sin protestar y Renzo observó el suave movimiento de sus caderas mientras subía la escalera. Cuando estaba en movimiento su ropa parecía menos ridícula. De hecho, el efecto era casi elegante.

Había una cualidad extraña en ella a la que no podía poner nombre. Era muy joven, pero a veces parecía una anciana. Como un ser que hubiera sido depositado en la Tierra sabiendo poco de sus costumbres y, sin embargo, fuera más sabio que muchos humanos.

Pero ese era un pensamiento absurdo y él no era así, de modo que se concentró en la curva de su trasero. Porque eso, al menos, era algo que entendía bien.

Cuando llegaron a su habitación, la estilista ya estaba colocando prendas en perchas, alisando arrugas y ajustando las complicadas faldas.

–¡Caray! –exclamó, después de mirar a Esther–. Parece que tenemos mucho trabajo por delante.

Capítulo 5

DURANTE las siguientes dos horas, Esther fue maquillada, peinada, retocada, perfilada y pinchada con horquillas mientras Tierra, la estilista, chascaba la lengua como si fuese una gallina y ella una ingenua y recalcitrante pollita.

Renzo las había dejado solas y Esther lo agradecía porque, desde el momento en que salió de la habitación, Tierra había empezado a desvestirla para probarle vestidos y zapatos.

Nunca había visto prendas así. Le gustaba experimentar con cosas nuevas desde que se fue de casa, pero aún no había llegado a la ropa, el pelo y el maquillaje porque eso requería un dinero que necesitaba para comprar comida y vestirse con lo básico.

Pero Tierra estaba explicándole qué colores le sentaban bien, qué estilos iban mejor con su figura. Por supuesto, casi todo en un atropellado italiano que solo entendía en parte, pero podía verlo por sí misma frente al espejo.

En ese momento llevaba un vestido de color verde oscuro con mangas de capa y un cuello en pico que dejaba al descubierto parte de su escote. La clase de vestido atrevido que jamás hubiera podido ponerse en su casa.

La falda larga caía sobre los zapatos más bonitos que había visto nunca. Por supuesto, eran altísimos y tenía serias dudas sobre su habilidad para caminar sobre esos tacones.

En medio del frenesí de vestuario, dos hombres habían llegado para maquillarla y arreglarle el pelo. Tuvieron que esforzarse mucho y cortar al menos veinte centímetros, pero su pelo se había convertido en una melena lisa, sedosa y manejable.

Sus ojos, que siempre le habían parecido cómicamente grandes, habían sido delineados en negro y acentuados por una sombra dorada que los hacía brillar como nunca. También le habían dado color a sus mejillas y destacado los labios con un carmín de color naranja pálido.

Parecía otra mujer. Sus facciones eran otras. Los círculos oscuros que siempre tenía bajo los ojos habían desaparecido, su nariz parecía más estrecha, los pómulos más altos y las mejillas más hundidas gracias a una técnica que llamaban *contouring*.

Y su cuerpo... en realidad, nunca había pensado demasiado en él. Sus pechos no eran grandes, de modo que no solía usar sujetador, sino camisetas o tops de cuello alto y color oscuro que esperaba ocultasen lo que debían.

Aquel vestido creaba un efecto diferente en su busto. Sus pechos parecían más redondos, más grandes, su cintura más acentuada. La forma de la falda destacaba sus caderas, dándole un aspecto tan femenino.

Era extraño verse así, con todos sus atributos destacados en lugar de disimulados.

La puerta del dormitorio se abrió y Esther se quedó helada al ver a Renzo. Se sentía más expuesta que nunca porque, por primera vez en su vida, sabía que podría estar guapa y que había un hombre tremendamente atractivo mirándola, evaluándola como si fuese una obra de arte.

–Vaya –dijo Renzo, mirando al equipo de estilistas–, esta es una sorpresa muy agradable.

–Está divina con ese vestido –comentó Tierra–. Todo le queda de maravilla y esa piel dorada le permite usar casi cualquier color.

–Ya sabes que yo me pierdo con esas cosas –murmuró él–. Pero veo que esta guapísima.

Esther tragó saliva, nerviosa. Era una tontería sentirse afectada por algo que no era más que una farsa, pero no sabía si le importaba que lo fuese. Jugar a aquel juego era algo nuevo para ella. Ser el centro de atención de un hombre era algo con lo que ni siquiera había soñado.

Había sopeado el precio y los beneficios de la libertad, quién quería ser... olvidando todo lo que le habían enseñado, olvidando sus pequeños gestos de rebeldía escondida en las montañas detrás de la casa, cuando escuchaba música que no debería escuchar o leía libros prohibidos.

Le parecía extraño unirse a un hombre, aunque fuese de forma temporal, pero bajo la mirada oscura de Renzo sentía algo deliciosamente seductor.

Renzo Valenti era una tentación. Le recordaba cuando pasaba frente a la pastelería del pueblo y veía las bandejas de deliciosos pasteles que sus padres no compraban nunca.

En ese momento experimentaba el mismo anhelo, la misma sensación de injusticia, de privación, que la había perseguido siempre.

Salvo que ya nadie controlaba su vida. Si quería un pastel, solo tenía que comprarlo y comérselo.

Y, si quería a Renzo, seguramente también podría tenerlo.

Pero no sabría qué hacer con él. O qué haría él con ella si alargaba una mano e intentaba probarlo.

Esther levantó la cabeza e irguió los hombros, haciendo lo posible por mostrarse digna. No sabía por qué. Tal vez porque todos los que estaban en la habitación estaban juzgándola.

Era tan extraño ser el centro de atención... Y debía reconocer que no le disgustaba del todo.

—El vestido es espectacular, aunque un poco formal para la cena —dijo Renzo, dejándose caer sobre un sillón—. ¿Qué más habéis traído?

—¿Qué tal este? —preguntó Tierra, mostrándole un vestido corto de color coral que Esther se había probado antes.

Renzo se arrellanó en el sillón como un monarca particularmente aburrido.

—Vamos a ver.

Esther se dio la vuelta cuando Tierra empezó a bajar la cremallera del vestido. No sabía qué hacer. Si protestaba por estar siendo desvestida delante de un hombre que era un desconocido para ella arruinaría la farsa.

Pero el vestido verde cayó al suelo y su trasero, apenas cubierto por unas braguitas de encaje negro, quedó expuesto ante la mirada masculina.

—Muy bonitas —dijo Renzo con voz ronca—. ¿Parte del nuevo vestuario?

Esther apretó los puños. Le hubiera gustado darse la vuelta y mandarlo a paseo por hacerla sentir tan incómoda, pero no llevaba sujetador.

—Sí —se limitó a decir.

Unos minutos después, ya con el vestido puesto, se volvió para mirar a Renzo y tuvo que tragar saliva porque, aunque siempre tenía una expresión intensa, el impacto de sus ojos oscuros la afectó como nunca.

–Acércate más –le ordenó él. Esther tragó saliva mientras daba un incierto paso adelante–. Dejadnos solos –ordenó Renzo entonces, sin dejar de mirarla.

Tierra y los dos hombres obedecieron sin rechistar y fue como si se hubieran llevado todo el oxígeno de la habitación.

–¿La gente siempre obedece tus órdenes sin protestar?

–Siempre –respondió él–. Acércate más.

Esther dio otro paso adelante, intentando disimular que le temblaban las piernas y que los zapatos de tacón para ella eran como zancos.

Renzo apoyó un codo en el brazo del sillón.

–Por supuesto, algunos obedecen con más celeridad que otros.

–¿Quieres que me rompa un tobillo? Porque te garantizo que eso es lo que pasaría si caminase más rápido.

Renzo se levantó entonces para tomarla por la cintura y sentarla en el sillón que había ocupado hasta un segundo antes.

Esther se llevó una mano al corazón, sintiendo los rápidos latidos bajo la palma. Tenía la garganta seca y le daba vueltas la cabeza. Era como si la hubiera quemado de arriba abajo con ese simple roce. Su cuerpo era tan duro... tan inflexible como su propia personalidad.

Él se dio la vuelta para mirar los vestidos y zapatos que Tierra había llevado.

–Si no sabes caminar con zapatos de tacón, no darás una imagen muy creíble.

–¿Por qué importa eso?

–Porque yo siempre salgo con un tipo muy particular de mujer y no quiero que mis padres piensen que he corrompido a una mochilera inocente.

Esther se preguntó si de verdad creía que era inocente. Lo era, pero él nunca había parecido convencido del todo.

–¿Tus padres pensarían que lo soy?

–Claro que sí –Renzo se inclinó para tomar unos zapatos planos adornados con piedrecitas y se colocó de rodillas ante ella.

–¿Qué haces?

En lugar de responder, él alargó una mano para deslizar los dedos por su pantorrilla; el roce era lento, demasiado lento, y pareció provocar chispas por todo su cuerpo.

Esther tuvo que contener el deseo de moverse, de hacer algo para librarse de esa extraña energía, porque no quería traicionarse a sí misma.

Le quitó un zapato lentamente, rozando la planta del pie con los dedos y haciéndola temblar. No podía evitarlo.

Cuando levantó la mirada vio que esbozaba una sonrisa y eso la molestó más que nada. Se sentía confundida, perdida en un mar de dudas e inseguridades y él parecía saberlo.

«Tú también lo sabes. No eres tonta».

Esther apretó los dientes. De verdad le gustaría ser un poco tonta en ese momento. Desde el instante que puso los ojos en él había hecho lo posible por no entender los sentimientos que Renzo provocaba en ella.

Y no iba a ponerles nombre en ese momento, cuando estaba tocándola, poniéndole el bonito zapato y luego el otro, rozándole el tobillo con las yemas de los dedos.

–Un poco como Cenicienta –murmuró, después de tragar saliva.

Sus padres no le habían permitido leer cuentos de hadas cuando era niña, pero un tomo de cuentos que sacó de la biblioteca del pueblo había sido uno de sus primeros libros prohibidos.

–Salvo que yo no soy el príncipe azul –dijo él mientras se erguía.

–No pensaba que lo fueras.

–Mejor. No debes convertirme en algo que no soy.

–¿Por qué iba a hacerlo? No soy tonta. Ya te he dicho que la situación con mi familia era difícil –Esther tomó aire, intentando liberar la tensión de su pecho. No sacaba a colación a su familia por él, sino por ella misma, para recordar por qué estar atada a alguien, o a algo, era precisamente lo que no quería.

Quería libertad, la necesitaba, y aquel solo era un desvío en su camino. No iba a convencerse de que era otra cosa.

Disfrutaría de los preciosos vestidos, de los peluqueros y maquilladores. Disfrutaría de aquella maravillosa casa y tal vez incluso de esa extraña sensación que sentía en el estómago cada vez que Renzo la miraba. Porque era algo nuevo, porque era extraño, porque era tan diferente a todo lo que conocía.

Pero eso era todo. No podía ser nada más.

–Pero al menos podrás entrar en casa de mis padres sin caerte de bruces. Eso, creo yo, sería más conveniente.

Le ofreció su mano y Esther vaciló porque sabía que tocarlo siempre le provocaba una quemazón en la boca del estómago. Pero resistirse solo serviría para que él se diera cuenta y no quería eso.

Además, debía admitir que había disfrutado. Aunque sabía que no llegaría a nada, que solo era un juego.

De modo que aceptó su mano, que él envolvió con la suya, y tiró para levantarla. De hecho, lo hizo con tal rapidez que cayó hacia delante y tuvo que poner la otra mano en el duro torso masculino.

Era tan... ardiente. Podía sentir los latidos de su corazón bajo la mano y se preguntó si siempre latía tan rápido o si tenía algo que ver con ella. Porque su propio corazón latía como si estuviera rodando montaña abajo. Y no podía fingir que era de otro modo.

Pero ¿qué significaba?

Fue esa pregunta lo que hizo que se apartase para alisar una arruga imaginaria del vestido, concentrándose en eso porque la alternativa era mirarlo a él.

–Sí –dijo Renzo con voz ronca–. Creo que esta noche todo irá bien –y luego le levantó la barbilla con un dedo para obligarla a mirarlo, robándole ese pequeño respiro. Sus ojos la quemaban y no sabía si los latidos que escuchaba eran los de su corazón o los de Renzo–. Pero no puedes dar un respingo cada vez que te toco.

Luego bajó la mano y se dio la vuelta para salir de la habitación, dejándola sola y preguntándose si se había imaginado esa reacción de él o si, de algún modo, ella había provocado ese terremoto.

Capítulo 6

LAS CENAS en casa de sus padres siempre estaban cargadas de dramatismo y esa noche no fue una excepción. El ama de llaves los recibió en la puerta, un segundo empleado se llevó su chaqueta y el bolso de Esther y fueron acompañados al salón por un tercer miembro del servicio.

Por supuesto, su madre no aparecería hasta que llegase el momento de sentarse a la mesa, pero tenía la sensación de que todo era más calculado de lo habitual.

Su padre no diría nada porque no quería que su madre le tirase nada a la cabeza. Hacía años que no se portaba de forma tan histérica, pero todo el mundo sabía que era muy capaz de hacerlo y solían portarse con cierta deferencia hacia ella. Por si acaso.

Renzo se volvió para mirar a Esther, que estaba admirando la barroca decoración de la casa sin poder disimular su asombro.

–Tienes que fingir que estás acostumbrada a estas cosas –le dijo en voz baja–. Mis padres creen que llevamos juntos un par de meses y eso significa que habrás estado en eventos conmigo y habrás visitado casas magníficas.

–Este sitio es como un museo –susurró ella, con un brillo de sorpresa en sus ojos oscuros.

Y eso hizo que algo se encogiera en su pecho, aunque no sabía por qué.

–Sí, lo es. Un museo de los logros de mi familia, de todas las cosas que han ido coleccionando a lo largo de los siglos. Ya te dije que mis padres estaban muy orgullosos de su apellido y su linaje, de lo que significa ser un Valenti –Renzo apretó los dientes–. La sangre lo es todo para ellos.

Era por eso por lo que aceptarían a Esther y la situación. Porque, salvo en circunstancias extremas, valoraban su sangre por encima de todo.

Era mejor no pensar en la única ocasión en la que no lo habían hecho.

–Renzo...

Él se dio la vuelta, sorprendido al ver a su hermana y a Cristian, su marido, con su hija en brazos.

–Hola, Allegra –la saludó, cruzando la habitación para darle un beso en la mejilla y estrechar la mano de Cristian–. No sabía que ibais a venir –añadió, acariciándole el pelo a su sobrina.

–Nosotros tampoco.

–¿Habéis venido desde España solo para cenar?

Cristian se encogió de hombros.

–Cuando tu madre exige nuestra presencia es mejor no negarse, como tú sabes muy bien.

–Desde luego.

Esther seguía sentada en un sofá, con las manos sobre el regazo y los hombros un poco hacia delante, como si intentase desaparecer.

–Os presento a mi prometida, Esther Abbott.

Esther pareció salir de su ensimismamiento y se levantó, tropezando ligeramente al hacerlo.

–Hola. Vosotros debéis de ser... bueno, no estoy segura.

Su hermana lo miró con gesto inquisitivo.

–Allegra, la hermana pequeña de Renzo. Y él es mi marido, Cristian Acosta.

–Encantada de conoceros.

–Parece que va a estar toda la familia –dijo Renzo–. Qué sorpresa.

–Estás comprometido. ¿Por qué no me lo habías contado?

–Tú tampoco me contaste que estabas embarazada hasta que fue inevitable, así que no puedes darme una charla.

Renzo miró a Esther, que observaba el intercambio con atención.

–No le hagas caso –dijo Allegra–. Le gusta sorprender y, sobre todo, enfadarme.

–Sí, ya me he dado cuenta –respondió Esther.

Cristian se rio.

–No creo que llevéis juntos mucho tiempo, pero ya pareces capaz de manejarlo.

–Yo no diría eso.

Renzo se sirvió una copa, riéndose.

–Ya que mi madre no os ha dado la gran noticia de mi compromiso, me imagino que tampoco sabéis la otra noticia.

–No –respondieron Allegra y Cristian al unísono.

–Esther y yo estamos esperando un hijo –Renzo le pasó un brazo por los hombros y acarició su brazo con los dedos. Eso no ayudaba mucho, pero sabía que la molestaba y eso le serviría como consuelo.

Allegra no dijo nada y la expresión de Cristian era casi cómica cuando dijo:

–Enhorabuena. Empieza a dormir todo lo que puedas.

Su hermana seguía sin decir nada.

–Veo que te has quedado sorprendida por la buena noticia.

–Era lo que tú esperabas, ¿no? En realidad, me da rabia. Debería ser inmune a tus sorpresas.

Por supuesto, no era así. Siendo su hermana pequeña, Allegra siempre había querido creer lo mejor de él y eso era muy agradable, pero Renzo sabía que era una continua decepción. Y que su matrimonio con Ashley la había desconcertado, aunque no entendía por qué. Le había dejado claro que pensaba casarse con la mujer más inconveniente que pudiese encontrar.

Pero ese plan le había salido mal.

–Cierto, hermanita, deberías conocerme mejor. En fin, será mejor no contarle a Esther las otras ocasiones en las que te he dejado sorprendida. Ella sigue pensando que soy un caballero.

Esther lo miró con expresión seria.

–Te aseguro que no pienso eso.

Cristian y Allegra parecieron encontrar hilarante tal afirmación. Debían de pensar que estaba siendo burlona cuando, en realidad, tenía la impresión de que había sido totalmente sincera. Y eso era algo nuevo para él, porque no conocía a mucha gente así.

Él estaba más acostumbrado a los cínicos, que se enfrentaban al mundo con una sana dosis de oportunismo. Era la gente sincera la que lo sorprendía porque no sabía cómo relacionarse con ellos.

Pero Esther estaba siendo una revelación. Hasta entonces había sido escéptico sobre su historia, sobre quien decía ser, pero empezaba a pensar que era lo que parecía: una criatura ingenua que provenía de un mundo totalmente diferente al suyo. Su reacción ante la casa de sus padres reforzaba esa idea. Si fuese una buscavidas lo habría notado. En algún momento hubiera visto algún gesto de triunfo, de satisfacción, al descubrir el tesoro que podría heredar.

Francamente, la posición en la que lo había colocado le daba cierta ventaja. Sí, una prueba de ADN demostraría que el hijo no era de ella, pero a saber qué decidiría un juez en Italia, donde no había leyes sobre la gestación subrogada. Ella estaba gestando a su hijo y lo traería al mundo, de modo que no podía irse con las manos vacías.

Le había ofrecido matrimonio, una situación de la que podría aprovecharse y, sin embargo, tampoco había parecido emocionada.

Eso no significaba que las cosas no pudieran cambiar, pero por el momento se veía obligado a admitir que Esther Abbott podría ser una de las más raras criaturas: alguien que era quien decía ser.

—Estupendo —dijo Allegra, sin dejar de reírse—. No me gustaría que te casaras con mi hermano pensando que es un caballero.

Renzo giró la cabeza para besarle el cuello a Esther.

—Por supuesto que no —murmuró—. Ella sabe bien lo perverso que puedo ser.

Esther lo miró con los ojos brillantes, intentando disimular un estremecimiento.

—Sí —respondió, después de aclararse la garganta—. Nos conocemos bien. Somos... vamos a tener un hijo, así que...

En ese momento entró un criado, interrumpiendo la extraña conversación.

—Perdón —se disculpó el hombre—. Su madre me ha pedido que venga a buscarlos. La cena está servida.

La tensión de Esther aumentaba a medida que se

acercaban al comedor, casi como si pudiera sentir la presencia de su madre. Y no le sorprendía. La *signora* Valenti irradiaba hielo y dejaba claro que no era fácil de complacer.

–Respira –le dijo al oído–. No te mueras antes del postre.

Su madre estaba en el comedor, con un vestido de lentejuelas y un aspecto demasiado juvenil para tener hijos mayores, una nieta y otro nieto en camino. Su padre, de rostro serio y distinguido, era seguramente la viva imagen de Renzo en treinta años.

–Bienvenidos –los saludó su madre sin levantarse, un movimiento calculado por su parte, naturalmente–. Encantada de conocerte, Esther. Allegra, Cristian, cuánto me alegro de que hayáis podido venir... y que hayáis traído a mi nieta favorita.

–Tu única nieta –le recordó su hermana, sentando a la niña en una trona, a su lado.

Todo aquello era como echar sal en una herida. Renzo adoraba a su sobrina, pero siempre experimentaba cierta angustia cuando estaba con niños. Y cuando su madre hablaba de su «única nieta» el dolor era insoportable.

–Aunque no por mucho tiempo –siguió Allegra–. A menos que Renzo no te lo haya contado.

–No me ha contado nada, pero parece que ahora lo sabemos todos –su madre lanzó una mirada de censura sobre Renzo–. ¿Tienes más sorpresas guardadas?

–No, por el momento eso es todo.

La cena resultó agradable. Charlaron animadamente y, cuando no era así, su cuñado se encargaba de avivar la conversación. Cristian era un duque y su título lo hacía extremadamente interesante para los Valenti.

–Supongo que os veré a Esther y a ti en la exposición benéfica de Nueva York dentro de dos semanas –le dijo su padre.

Demonios, lo había olvidado. Su padre era un filántropo e insistía en que Renzo apareciese en ese tipo de actos. No porque creyese firmemente en las causas benéficas, sino porque creía en ser visto como tal. No era del todo cruel y, en cualquier caso, daba igual porque cada año una buena cantidad de dinero iba a parar a las manos adecuadas.

Pero llevar a Esther a Nueva York, prepararla para un evento que sería como un campo de minas con tan poca preparación... bueno, iba a resultar difícil.

Y, aparte de la complicación de Esther, siempre estaba la complicación de Jillian. O peor, la de Samantha. Vivían entre Italia y Estados Unidos, de modo que había muchas posibilidades de coincidir con ellas en algún evento, pero lo había soportado innumerables veces.

Esther era su mayor preocupación. Seguramente terminaría escondiéndose bajo alguna mesa, o comiendo una mousse de chocolate en el suelo. Por suerte, la exposición tendría lugar de noche, de modo que no habría rayos de sol con los que calentarse.

–Por supuesto –respondió a toda prisa. Tenía que hacerle creer que no había olvidado un evento al que acudía todos los años por la sorpresa de saber que iba a ser padre.

–Estupendo. En mi opinión, para un hombre como tú es mejor acudir con una acompañante.

–¿Por qué?

–Para no estar buscando mujeres cuando deberías estar buscando contactos.

Le sorprendió que hiciera ese comentario, especialmente delante de Esther, porque su padre solía ser una persona reservada.

–Vives en la Edad Media, padre. Ahora las mujeres ocupan altos puestos en el mundo de los negocios y ser soltero ayuda mucho. En cualquier caso, Esther no será un impedimento, en eso has acertado.

–Desde luego que no. Si acaso, será una atracción para esos peces gordos y hastiados que piensas pescar.

–¿Tú estarás allí?

–No. Cuando he dicho que esperaba verte allí quería decir que espero ver tu fotografía en los periódicos.

Siguieron charlando durante el postre y, cuando llegó la hora de despedirse, su padre lo arrinconó frente a la puerta.

–Espero que esto no sea una broma como tus últimas relaciones.

–¿Por qué iba a serlo?

–Es una chica encantadora, nada que ver con las tontas modelos con las que sueles salir. Ya he tenido que renunciar a una de mis nietas, Renzo, no lo olvides.

–No tenías por qué hacerlo. Pensaste que era necesario, así que no finjas lamentarlo cuando hace años insististe tanto en que era lo que debía hacer –replicó Renzo con sequedad.

–Lo que estoy diciendo es que debes casarte con esta chica y que ese matrimonio debe ser duradero. Ya te has divorciado una vez y tienes una hija fuera del matrimonio a la que no podemos reconocer.

–¿Y qué harás si vuelvo a decepcionarte, padre? ¿Descubrir el secreto de la inmortalidad y negarme mi herencia?

–Tu cuñado es capaz de hacerse cargo del negocio y lo sabes. Si no quieres perder el control del imperio Valenti cuando muera, sugiero que no me decepciones –lo amenazó su padre antes de darse la vuelta.

Esther se reunió con él en ese momento. Parecía un cervatillo cegado por los faros de un coche y Renzo decidió que la farsa del compromiso no sería suficiente. Su padre acababa de amenazar no solo su futuro, sino el de su hijo...

Esther Abbott tendría que convertirse en su esposa, quisiera ella o no.

Y él sabía cómo conseguirlo porque había visto cómo reaccionaba cuando la tocaba. Sabía que una mujer como ella, ingenua, vulnerable, no sería inmune a la seducción.

Era despiadado incluso para él, que prefería ser sincero con las mujeres y siempre dejaba claro que el amor nunca sería un factor en la relación. Pero le ofrecería matrimonio y Esther no podría pedir nada más.

No había otra salida. Tendría que hacer que Esther Abbott se enamorase de él y la única forma de conseguirlo era seduciéndola.

–Vamos –le dijo, ofreciéndole su brazo–. Es hora de irnos a casa.

Capítulo 7

ESTHER estaba acostumbrada al ajetreo del bar, a salir cada noche y trabajar hasta la hora del cierre. Era agotador, pero también lo era la rutina de arreglarse, peinarse y pulirse de la cabeza a los pies para salir con Renzo a cenar.

Ser el centro de atención era algo extraño porque ella estaba acostumbrada a ser invisible, pero el escrutinio que había soportado en casa de sus padres dos días antes le había recordado a su propia casa, cuando su padre parecía estar intentando leer en su alma, buscando alguna prueba de desafío, pecado o vicio.

La noche anterior, mientras cenaban en un lujoso restaurante, Renzo le había explicado en qué consistía el evento de Nueva York y por qué debía acompañarlo. Además, había pedido cita con un ginecólogo en una clínica privada famosa por la discreción de los médicos.

Le parecía ridículo tener que arreglarse para ir al médico, pero después irían a cenar, de modo que debía vestirse de modo apropiado. Y allí estaba, en el asiento trasero de la limusina, en dirección al sitio donde debía encontrarse con Renzo, arreglada y con los labios pintados.

La limusina se detuvo frente a un edificio que parecía demasiado elegante para ser una clínica. El chófer abrió la puerta y Esther tuvo que salir, aunque le hubiera gustado quedarse allí escondida. Durante un segundo aterrador se preguntó si el médico iba a decirle que había perdido el bebé.

Y, de repente, se sintió perdida, aunque no sabía por qué.

«¿Tal vez porque no estás preparada para despedirte de este hijo?».

No, eso era impensable. Ella no estaba encariñada con el bebé, solo experimentaba un natural sentimiento de protección. Pero no había tenido náuseas durante los últimos días y se preguntó si esa sería una mala señal.

Una enfermera la acompañó a una salita y Esther se frotó los brazos, nerviosa. No sabía cuándo había empezado a importarle tanto preservar la vida que llevaba dentro, pero así era.

Por suerte, no tuvo mucho tiempo para seguir pensando porque Renzo apareció de repente. Había algo salvaje y tormentoso en su mirada que no podía entender, pero en realidad nunca sabía lo que estaba pensando.

—¿Dónde está el médico?

—No lo sé, pero me imagino que no tardará mucho.

—Es un crimen que te hagan esperar —dijo él, claramente molesto.

Esther se abrazó a sí misma, nerviosa.

—Tú no estabas aquí y el médico no iba a aparecer antes que tú, ¿no?

—Podrían haberte preparado para el reconocimiento.

Renzo parecía tan inquieto como ella. Le parecía extraño que así fuera, pero era su hijo al fin y al cabo y sería lógico que estuviera nervioso.

—Señorita Abbott —la llamó una mujer, asomando

la cabeza en la salita–. La doctora está lista para examinarla. Acompáñenme.

Esther se dirigió a la puerta con piernas temblorosas.

–Estoy bien –dijo en voz baja cuando Renzo la tomó del brazo.

–¿Seguro? Parece como si un golpe de viento pudiese tirarte al suelo.

–Estoy bien –repitió ella. Aunque no era verdad.

Renzo no le soltó el brazo hasta que entraron en la consulta.

–Quítese la ropa y póngase esta bata –dijo la enfermera–. La doctora llegará enseguida.

Esther miró a Renzo, pero él no pareció entender la indirecta.

–¿Te importaría salir? –le preguntó en cuanto se quedaron solos.

–¿Por qué? Después de todo, eres mi prometida.

–Solo de nombre. Los dos sabemos que este bebé no ha sido concebido... de la forma habitual, así que no tienes derecho a mirarme mientras me desnudo. No podía decirlo delante de Tierra el otro día, pero te lo digo ahora.

–Me daré la vuelta –replicó él con tono burlón. Y eso hizo.

Suspirando, con los ojos clavados en su espalda, Esther empezó a quitarse la ropa. Daba igual que no pudiese verla, estar desnudándose con Renzo delante era algo tan íntimo, tan extraño para ella...

Durante el cambio de imagen le había avergonzado que Renzo la mirase, pero no había tenido tiempo de examinar sus sentimientos. En aquel momento sí podía examinarlos... demasiado bien.

Desde las salvajes palpitaciones de su corazón al

latido del pulso en la base de su garganta, el temblor de sus dedos, que estaban como dormidos, mientras el resto de su cuerpo parecía más sensibilizado que nunca.

Lo sentía a su alrededor, como si ocupase toda la habitación, aunque sabía que eso era imposible.

Por fin, se desnudó del todo y se quedó parada un momento, percatándose de que estaba desnuda en una habitación con aquel hombre tan poderoso, vestido con un perfecto traje de chaqueta.

Era un contraste tan extraño... Nunca se había sentido tan vulnerable, tan expuesta o... tan fuerte como en ese momento. Y no podía entender esa contradicción.

Suspirando, se puso la bata antes de sentarse en la camilla.

–Esto es diferente a la clínica de Santa Firenze.

Renzo se dio la vuelta sin preguntar si podía hacerlo, pero Esther tenía la impresión de que no estaba acostumbrado a pedir permiso.

–¿En qué sentido?

–Creo que Ashley hacía lo posible para evitar que te enterases, así que optó por un sitio discreto, pero no como este, sino más bien rústico.

Renzo hizo una mueca.

–Estupendo, de modo que te llevó a una clínica de fertilidad barata –murmuró apretando los puños–. Podría estrangularla...

–El hecho de ser quien es ya es castigo suficiente, ¿no crees?

–Sí, supongo que sí.

La puerta se abrió y la doctora, una mujer bajita con el pelo sujeto en un tirante moño, entró en la consulta.

–Señorita Abbott, señor Valenti, encantada de conocerlos. Me alegra mucho poder ayudarlos con el embarazo.

Después de tomarle la tensión y la temperatura, la mujer le pidió que se tumbase en la camilla.

—Vamos a hacerle una ecografía para establecer la visibilidad del feto y escuchar el latido del corazón —le dijo, levantando un poco la bata.

Esther tragó saliva. Aquel era el momento de la verdad, el momento en el que descubriría si sus miedos tenían algún fundamento o si era la ansiedad y su desconfianza de la situación.

De verdad esperaba que fuera lo segundo.

La doctora le extendió en el abdomen una especie de gel y luego movió el transductor arriba y abajo hasta que en el monitor que había frente a la camilla apareció una imagen. Esther dejó escapar un suspiro de alivio.

—Eso que oigo es el corazón, ¿verdad?

—Así es —respondió la doctora, pulsando el botón del altavoz para que el sonido llenase la habitación. Era extraño, un rítmico latido combinado con un sonido... acuoso—. Estoy intentando verlo bien —murmuró, moviendo el transductor mientras miraba el monitor. Pero, de repente, levantó la cabeza—. ¿Alguno de ustedes tiene mellizos en la familia?

La pregunta fue tan inesperada que Esther intentó encontrar una respuesta que no fuera simplemente: «¿por qué?».

No había mellizos en su familia, pero eso daba igual porque el hijo que esperaba no era suyo.

—Yo...

—No —la interrumpió Renzo—. Pero el bebé ha sido concebido por medios artificiales. No sé si eso aumentaba las posibilidades.

–Así es –respondió la doctora–. Y eso es lo que parece que tenemos aquí: mellizos.

El alivio que Esther había sentido unos segundos antes se vio reemplazado por una oleada de terror. ¿Mellizos? No podía estar embarazada de mellizos, eso era absurdo.

Ella preocupada de haber perdido un bebé cuando en realidad llevaba dos en su seno...

–No entiendo cómo pueden ser mellizos. El médico de la clínica de fertilidad no me dijo nada.

–Es fácil perderse estas cosas al principio. Especialmente si solo estás buscando un latido –explicó la doctora, mirando de uno a otro–. Entiendo que es una sorpresa.

–No pasa nada –dijo Renzo, aunque la sequedad de su tono desdecía esa aparente calma–. Tengo recursos suficientes para criar a dos hijos, no me preocupa.

–Todo parece estar bien –la doctora sonrió mientras le limpiaba el abdomen con una toallita–. Por supuesto, tendremos que controlar el embarazo porque es considerado de riesgo, pero es usted muy joven y sus constantes vitales son buenas. No creo que tenga ningún problema para llevarlo a buen término.

Esther asintió con la cabeza mientras Renzo la miraba, tan hierático como una estatua en un templo romano.

Como ninguno de los dos tenía nada que decir, la doctora se despidió.

–Les dejo para que hablen. Nos pondremos en contacto con usted para darle la fecha de su próxima visita.

En cuanto salió de la habitación, Esther se incorporó, atónita.

–No me lo puedo creer.

–Has dicho que piensas marcharte después del parto. ¿Por qué te preocupa?

–Soy yo quien lleva dentro una camada –replicó ella.

–Dos mellizos no es una camada.

–Ah, claro, eso lo dices tú, pero no eres tú quien los está gestando.

Renzo la miró con cara de sorpresa.

–No, claro –asintió, después de aclararse la garganta–. Vístete, he reservado mesa para cenar.

–¿No estarás sugiriendo que vayamos a cenar como si no hubiera pasado nada?

–Estoy sugiriendo precisamente eso –respondió él, con los dientes apretados.

Esther saltó de la camilla y se vistió a toda prisa, sin molestarse en disfrutar del agradable roce de la tela como había hecho otras veces.

No había tiempo para eso cuando una acababa de descubrir que no solo esperaba un hijo, sino dos.

–Estoy lista –dijo después.

–Muy bien. Y ahora deja de ponerte dramática y vamos a cenar.

Renzo prácticamente la sacó en volandas de la clínica y abrió la puerta del deportivo que estaba aparcado en la puerta.

Su rostro era como un cielo nublado. Esther sabía que había tormenta, pero no entendía por qué. ¿Tanto le había afectado saber que esperaba no uno, sino dos hijos? Suspirando, subió al coche, juntó las manos sobre el regazo y miró hacia delante.

Renzo se colocó tras el volante y arrancó como alma que lleva el diablo.

–¿Te atreves a decir que me pongo dramática? Si esto no es dramático, no sé qué puede serlo.

–Acabo de saber que voy a tener dos hijos, no solo uno. Si alguien tiene derecho a ponerse dramático...

–Parece que te olvidas de mi papel en todo esto –lo interrumpió ella–. Me tratas como si no fuera más que un recipiente, un útero. No entiendes lo que el parto podría significar para mí.

–La medicina moderna hace que todo sea muy sencillo.

–Solo un hombre podría decir eso, pero soy yo quien debe traer estos bebés al mundo –replicó Esther, molesta. En realidad, eso no le importaba, pero quería pincharlo, provocarlo. Quería que sintiera algo porque esa revelación había puesto su mundo patas arriba. Renzo no tenía derecho a estar más disgustado que ella. Tal vez eso no era justo, tal vez eran las hormonas, pero le daba igual.

–Te pagaré las operaciones que quieras para que tu cuerpo vuelva a ser el mismo de antes. No debes preocuparte por lo que piensen tus futuros amantes.

–Mi vida no depende de lo que piensen los demás. He pasado por eso y me he librado de las imposiciones. Pero ¿y lo que yo piense?

–Eres imposible. Y una contradicción –replicó él, mientras conducía a toda velocidad por las estrechas calles de Roma, obligándola a sujetarse al asiento.

Se detuvieron frente a un elegante café y Renzo le dio las llaves al aparcacoches. Esther tardó un momento en darse cuenta de que no iba a abrirle la puerta, de modo que lo hizo ella misma.

–No ha sido muy galante por tu parte –le reprochó.

–Lo siento, no suelo ser galante. De hecho, creo que tú misma me lo has dicho recientemente.

–Tal vez deberías escuchar y aprender.

Él le pasó un brazo por la cintura, apretándola contra su costado.

–Lo siento mucho –se disculpó–. Por favor, di que me perdonas. No quiero que los paparazzi te hagan una foto con esa expresión tan enfadada.

–Ah, no, claro. No podemos hacer nada que dañe tu preciosa reputación.

–Estamos juntos exclusivamente por mi reputación y tú no vas a dañarla. Si lo haces, prometo hacértelo pagar. No juegues conmigo, Esther.

Le hablaba al oído, como un hombre contándole secretos a su amante. Nadie se podría imaginar que estaba amenazándola.

Se dirigieron a una mesa a la que, sin duda, solía sentarse porque ya estaba preparada y Renzo apartó una silla haciendo una mueca burlona.

–Agua mineral –le dijo al camarero.

–¿Y si yo hubiera querido otra cosa? –preguntó Esther.

–Tus opciones son limitadas, ya que no puedes beber alcohol.

–Tal vez quisiera un zumo.

–¿Querías un zumo? –preguntó él.

–No –respondió Esther, sintiéndose derrotada.

–Entonces, compórtate.

Naturalmente, pidió por los dos porque él sabía cuáles eran los mejores platos, y no hizo caso de sus protestas.

Esther no sabía por qué le sorprendía. Lo había hecho desde el principio, había tomado las riendas de la situación en cada momento.

Pero, de repente, tenía la sensación de estar en medio del mar, sin nada a lo que agarrarse. Y temía ahogarse. Todo aquello era tan nuevo para ella...

Por fin, el camarero se llevó los platos del postre y Esther dejó escapar un suspiro de alivio. Pronto estarían de vuelta en la villa y, aunque seguía pareciéndole abrumadora, al menos era un sitio más familiar.

Renzo la miraba de una forma extraña, como si hubiera tomado una firme decisión. Sabía que era un hombre inflexible y no quería ser consumida por él, pero cuando miró esos ojos oscuros se le encogió el estómago porque no estaba segura de poder evitarlo.

Renzo metió la mano en el bolsillo de la chaqueta y se levantó de la silla para clavar una rodilla en el suelo, dejándola sin respiración. La sensación de estar ahogándose era más fuerte que nunca. Era como si estuviera siendo empujada por una ola contra la que no podía nadar.

Ese era el efecto que Renzo Valenti ejercía en ella.

Debería ser más fuerte, más inteligente, inmune a los encantos de los hombres. Especialmente, de los hombres como él, dispuestos a controlar el mundo, a la gente que los rodeaba, las casas en las que vivían, todo. Se imaginaba que, si Renzo no estuviese de acuerdo con el informe del tiempo, discutiría hasta hacerlo cambiar de opinión.

Ella conocía a los hombres como él y sabía lo importante que era alejarse de ellos.

Su madre había sido normal una vez. Eso era algo que Esther no debería saber, pero había encontrado fotografías de su madre de cuando era joven, vestida a la moda del momento, como cualquier chica de su edad.

Nunca había sido capaz de conciliar esas fotos del pasado con la mujer que la había criado. Tan callada, tan desaliñada, tan firmemente bajo el mando de su marido, al que jamás se atrevía a llevar la contraria.

Había sido un misterio para sus padres que fuese tan rebelde, pero así era. Y si había algo que temía en el mundo era perder esa rebeldía y convertirse en la mujer sin personalidad que era su madre.

El amor le había hecho eso. O, más bien, el control disfrazado de amor.

Era tan fácil confundir ambas cosas... Lo sabía porque también le había pasado a ella. Había querido creer que su padre era tan exageradamente severo porque la quería...

Esos pensamientos le daban vueltas en la cabeza, desconcertantes, cegadores, oscureciendo lo que estaba ocurriendo ante ella.

Debería calmarse. No le beneficiaría nada perder la cabeza.

–Esther –dijo él, con voz aterciopelada.

Era peligroso, pensó mientras abría la caja que había sacado del bolsillo de la chaqueta para mostrarle un anillo de diamantes.

Aquello era peligroso y, sobre todo, no era real. Era una ventana a una vida que no tendría nunca, una experiencia sin consecuencias. Estaba embarazada, iba a tener mellizos e interpretaba el papel de mujer rica y querida por el padre de esos mellizos. Pero no eran sus hijos y Renzo no era su prometido de verdad. No era su hombre.

Y no quería que lo fuese.

Pero tenía que seguir haciendo el papel. Debía sonreír e interpretar la farsa. Eso era lo más importante. Pero, cuando Renzo sacó el anillo de la caja y tomó su mano para ponérselo en el dedo, sintió como si fuera algo más que una farsa. Y eso demostraba que era débil... mostraba una debilidad que siempre había temido.

–¿Quieres casarte conmigo? –le preguntó por fin.

Aquel era un momento con el que no había fantaseado en toda su vida. Nunca había visto el matrimonio como una aspiración, pero esa proposición la afectó como no debería haberlo hecho.

Porque era una farsa.

«Pero eso no lo hace menos peligroso. No lo convierte en una criatura diferente. Sigue siendo controlador, despiadado. Y no te quiere».

Le latía el corazón como si quisiera salírsele del pecho.

–Sí –le respondió. A él y a su vocecita interior.

Sabía que Renzo no la amaba y no quería su amor. El amor así no era libertad, sino opresión. Estaba desconcertada por la revelación de la doctora, por sus hormonas y porque, francamente, todo aquello la superaba.

Esa era la verdad. Ella, Esther Abbott, la chica rara y virgen que apenas sabía nada sobre el mundo, no debería estar con un hombre como Renzo Valenti. No debería estar embarazada y de verdad no debería estar recibiendo una proposición de matrimonio.

Era un manojo de nervios, pero había algo trascendente, fundamental, en aquel anillo de diamantes; algo que no podría explicar. Y no quería hacerlo. Se sentía confusa, desconcertada. Por eso no estaba preparada para lo que pasó después. Al menos, eso se diría a sí misma más tarde.

Porque antes de que pudiese reaccionar, antes de que pudiese tomar aliento o prepararse de algún modo, Renzo le acarició la mejilla con el pulgar. Fue como acercar una cerilla a un charco de gasolina y dejó una estela desde el punto de contacto hasta el centro de su cuerpo.

Y mientras intentaba asimilar todo eso, Renzo se apoderó de su boca.

Todo quedó reducido a cenizas en ese momento. Todas sus preocupaciones, todos sus pensamientos, todo desapareció de su mente mientras los labios de Renzo se movían sobre los suyos, tan cálidos y tan masculinos al mismo tiempo, obligándola a ceder ante la invasión de su húmeda lengua. Eso fue su perdición y provocó un terremoto en su vientre que la dejó devastada.

No sabía qué hacer e hizo lo que tanto había temido: se dejó llevar, se rindió. Dejó que Renzo se apoderase de su boca. Ni siquiera intentó luchar, ni siquiera le molestó.

Cuando se fue de casa, cuando decidió que quería ver el mundo y todo lo que había en él, cuando decidió olvidar lo que sus padres le habían enseñado para comprobar qué era cierto y qué no, cuando decidió descubrir quién era, no quién le habían dicho que debía ser, no había contado con aquello.

Nunca se había imaginado en una situación así. Había pensado que algún día querría explorar el deseo físico, pero era algo lejano, nunca una prioridad porque temía estar atada a otra persona. Por eso había querido seguir sola. Se había imaginado que tendría un grupo de amigos cuando decidiera sentar la cabeza en algún sitio, que tal vez en algún momento encontraría el amor, pero todo le parecía tan lejano, tan apartado de lo que quería experimentar inmediatamente...

Quería libertad para conocer el mundo que siempre le habían ocultado, comidas diferentes, aires diferentes, otros idiomas, otras formas de ver la vida. Un sol extraño sobre una piel que siempre había estado tapada.

Pero, de repente, todo eso palidecía en compara-
ción con aquello, más ardiente que el sol, más poderoso que el aire que respiraba y más delicioso que
nada que hubiese probado nunca.

Era Renzo. Todo lo que prometía esa mirada que la
había inmovilizado desde el primer día, como un rayo
de sol apenas visible tras una oscura nube.

Pero la nube acababa de apartarse y tenía la impresión de que el brillo del sol le provocaría un daño permanente si lo miraba durante demasiado tiempo.

Solo un poco más, se dijo. Solo un momento, un
aliento más. Un beso más.

Él se apartó para levantarla de la silla y apretarla
contra su pecho.

—Creo que es hora de irse a casa, ¿no te parece? –le
preguntó, con voz ronca.

—Sí –se limitó a responder ella. Porque decir algo
más inteligente exigiría más neuronas de las que tenía
en funcionamiento en ese momento.

Renzo la tomó de la mano para salir del restaurante. El coche estaba en la puerta y Esther ni siquiera
preguntó cómo lo había hecho. No había llamado por
teléfono, no había visto que le hiciera señas a algún
camarero. Era como magia. La magia que Renzo parecía poseer.

Tenía que calmarse, pensó mientras volvían a casa.
Pero se alarmó de nuevo al darse cuenta de que había
pensado en la villa de Renzo como en su propia casa.

Quería mirar el anillo que llevaba en el dedo, examinar cómo su cuerpo había cambiado desde que se
lo puso. Nunca había tenido una joya así. Había comprado algunas pulseras baratas cuando se fue de casa
porque el tintineo le recordaba su libertad, pero los
diamantes, por supuesto, estaban fuera de su alcance.

La piedra brillaba bajo las luces de la calle...

Y entonces, de repente, la neblina en la que estaba envuelta se disipó y lo miró, furiosa.

–¿Cómo te atreves? ¿Por qué no me habías advertido?

Capítulo 8

RENZO no respondió. No tenía paciencia para lidiar con el enfado de Esther en ese momento. Su mundo se había puesto patas arriba porque no iba a tener un hijo, sino dos.

Apenas se lo podía creer, pero había optado por seguir con su plan como si no hubiera recibido tal sorpresa en la clínica. Le había pedido en matrimonio en uno de los mejores restaurantes de Roma, donde con toda seguridad alguien les haría una fotografía que aparecería en las revistas. Las mismas revistas que habían publicado su sonado y reciente divorcio.

El escenario había sido calculado para que todos creyesen que su relación con Esther era auténtica y el embarazo algo natural.

Con lo que no había contado era con el beso. O, más específicamente, con cómo lo había afectado. Sí, al verla probándose vestidos se había sentido cautivado por la curva de su cintura, por cómo las braguitas de encaje negro apenas cubrían su bien formado trasero. Sabía que no era inmune a su belleza, pero no estaba preparado para lo que había ocurrido en el restaurante: Esther no sabía besar. A juzgar por ese beso, tenía menos experiencia de la que había creído.

Y, aun así, había provocado un incendio en su interior. Se había deleitado mil veces con compañía femenina después de que le rompiesen el corazón por primera vez. No veía razón para no satisfacer su cuerpo, ya que estaba decidido a no enamorarse nunca más, pero ella había roto el muro de hastío que lo rodeaba. Lo afectaba como ninguna otra mujer... y estaba gritándole.

—No podía advertirte, *cara* —le dijo cuando por fin llegaron a casa—. Eso hubiera estropeado la sorpresa.

—No me gustan las sorpresas —dijo Esther.

—La proposición tenía que parecer real.

—¿Es por eso por lo que me has besado después?

—Claro que sí. Aunque tengo la impresión de que tú también has puesto algo de tu parte.

—No es verdad. Si me hubieras advertido...

—Lamentablemente, eres una pésima actriz —la interrumpió él—. No es mi intención insultarte, pero es la verdad. No tienes artificio.

—Estás intentando controlarme —replicó ella, encolerizada. Y esa cólera era indicativa de un dolor más profundo, uno que existía mucho antes de que él llegase a su vida.

—No es eso —dijo Renzo—. Es que tú eres... no pareces tener forma de protegerte de todo esto. Te sientas en el suelo para recibir los rayos del sol en la cara y comerte un cuenco de cereales y... y yo no sé qué hacer contigo. No sé qué vas a hacer o decir en cada momento y eso no me gusta.

Ella respiró profundamente, con cierto gesto de triunfo.

—Mejor. No vivo pensando en complacer a los demás. Soy mi propia persona.

—Eso has dicho más de una vez.

—Es la verdad. Ya te he contado que mis padres eran difíciles, pero no tienes ni idea.

–Bueno, yo también sé algo sobre padres difíciles.

–Tus padres me parecieron encantadores.

Renzo torció el gesto.

–Supongo que eso depende de la perspectiva, pero debes recordar que yo soy el padre de esos bebés –le dijo, mientras paseaba por la habitación, inquieto–. Esto que estamos haciendo solo es importante para mí y, por lo tanto, seré yo quien marque las directrices. Si he decidido que era lo mejor para confirmar nuestro compromiso públicamente, debes aceptarlo sin discutir.

–A mí también me importa. Puede que tú no lo entiendas, tampoco lo entiendo yo del todo, pero me importa. Estoy unida a estos bebés físicamente. Sé que no son hijos míos, pero está todo mezclado, la biología, el sentimiento de protección. Solo sé que no me siento como si solo fuese un útero de alquiler. Soy una persona que está pasando por algo nuevo y aterrador, una persona que lleva dos hijos en sus entrañas. No puedo separar las emociones, no puedo distanciarme.

Renzo la miró en silencio durante unos segundos.

–¿Has cambiado de opinión sobre marcharte después del parto?

Debería hacerlo y él se aseguraría de que lo hiciera, pero si lo había decidido por sí misma todo sería más fácil.

Y su reacción ante el beso podría sellar el acuerdo.

–No, no puedo –respondió ella, mordiéndose el labio que él había saboreado unas horas antes–. Tengo muchas cosas que hacer, pero deja de decirme que lo que siento no importa, que solo importan tus sentimientos.

–Pero es la verdad. Yo soy el padre de esos bebés y

seré yo quien los críe y los eduque. Sé que eso reque-
rirá muchos sacrificios, muchos cambios...

Hasta que no pronunció esas palabras no se había
dado cuenta de que era verdad: quería que sus hijos lo
cambiasen todo. Se había imaginado que serían niñeras quienes se encargasen de ellos, pero no quería que
fuera así.

Pensó entonces en su hija, la niña en cuyo nombre
no podía pensar incluso después de tantos años. La
hija a la que a veces veía en algún evento, entre la
gente, pasando de niña a mujer. Sin él. Sin saber nada
de él.

La idea de ser un padre distante, uno que dejaba a
las niñeras ocuparse de ellos, en ese momento le parecía insoportable.

—Mi vida cambiará —reiteró, tanto para sí mismo
como para ella.

—Tengo la impresión de que la mía también.

—Sí, por el dinero que voy a pagarte.

—No —replicó ella con tono fiero—, porque fui una
ingenua. Porque fui tan tonta como para pensar que
podía hacer esto sin sentir nada y marcharme después
con un cheque en el bolsillo. Esta experiencia me
marcará para siempre —Esther sacudió la cabeza—.
Pensé que saldría bien, pero todo tiene consecuencias.
Creo que no quería pensarlo porque era algo de lo que
solía hablar mi padre: las consecuencias de los actos.
Es angustioso descubrir que no estaba equivocado del
todo.

—Suele pasar —dijo él, pensativo—. Por poco razona-
bles que puedan parecer a veces, los padres a menudo
aciertan sobre las cosas importantes.

Esther suspiró.

—Me voy a la cama.

Renzo la tomó del brazo cuando iba a salir de la habitación, aunque no sabía por qué quería retenerla.

–Recuerda que nos vamos a Nueva York en dos semanas –le dijo–. Si necesitas preparación, sugiero que hables de ello. Si no, pensaré que sabes dónde te metes y esperaré que te comportes de forma adecuada.

La soltó entonces. Sabía que estaba portándose como un idiota, pero no era capaz de controlarse. ¿Por qué iba a hacerlo?

¿Tal vez porque quería seducirla?

Renzo apretó los dientes. Sí, ese sería el mejor camino. Besarla de nuevo, calmar sus miedos mientras reclamaba su boca. Y, sin embargo, descubrió que necesitaba distanciarse después de ese primer beso. Más de lo que le gustaría admitir.

–Creo que podré hacerlo –dijo ella.

–Eso espero.

Solo faltaban un par de semanas hasta que la presentase ante el mundo como su prometida y, si su padre hablaba en serio, el compromiso tendría que ser permanente. Esther estaba hambrienta de experiencias, de conocer el mundo, de ver todo lo que la vida tenía que ofrecer. Y él podría darle acceso a todo aquello que anhelaba.

Podría darle glamour, emoción. Podría, literalmente, enseñarle el mundo.

Y había algo más, algo que no podría darle ningún otro hombre: pasión. Había química entre ellos, eso era indudable después del beso. Él era un conocedor y lo sabía bien.

Sí, Nueva York sería el sitio perfecto para seducirla. La llevaría a los sitios más exclusivos, le mostraría las mejores obras de arte, los mejores restaurantes. Y luego, cuando volviesen al hotel, la tumbaría en una cama enorme y... la haría suya.

Desde su compromiso, Renzo y ella habían creado una especie de rutina diaria: cenaban juntos mientras charlaban amigablemente y él no había intentado besarla ni una sola vez.

Debía admitir que Renzo le resultaba interesante y sorprendente. Y luego estaban los libros. Cada día después del trabajo le llevaba uno nuevo. Libros de todo tipo: guías de viaje, novelas, libros de historia que trataban sobre temas tan raros como los uniformes de diferentes ejércitos o la indumentaria de las mujeres a través de los siglos.

Le había preguntado por qué y él había respondido que era para que descubriese todas las cosas en las que estaba interesada.

La hacía sentirse... contenta. Y no sabía si quería eso, pero le gustaba aquella extraña tregua donde sentía que estaban al borde de algo, no sabía qué.

Se sentía a salvo, pero sabía que la tregua terminaría y recibió el gran empujón cuando un día Renzo volvió a casa del trabajo y, con un revuelo de órdenes, la metió en el coche y la llevó a su avión privado.

Un avión privado. Eso sí que no podía habérselo imaginado de ningún modo. El horror de cruzar el Atlántico en clase turista era algo que no había anticipado, pero tampoco el otro lado del espectro.

Los asientos no eran estrechos, sino cómodos sillones de piel, y la comida que sirvieron no se parecía en nada a la que habían servido cuando cruzó el Atlántico por primera vez. La azafata les ofreció todo tipo de zumos y también un pastel de crema del que podría haber comido toneladas si el piloto no hubiera avisado de que debían prepararse para aterrizar. ¿Tan pronto? El viaje le había parecido cortísimo.

Renzo se había pasado todo el tiempo trabajando. Eso no era del todo sorprendente ni desagradable. Al menos, no debería haber sido desagradable. Le habría gustado charlar con él, pero se había conformado con leer el libro que él le había llevado porque, de algún modo, parecía como si Renzo estuviese hablando con ella.

No sabía por qué estaba siendo tan fantasiosa. Estaban conectados por los bebés que llevaba en su seno y nada más. No necesitaban una conexión personal y, además, sería mejor si no la hubiera.

Hacía lo posible para no pensar en el beso. Lo hizo mientras bajaban del avión para subir a una limusina. Lo hizo mientras tomaban la autopista y cuando vio el famoso perfil de Manhattan.

Eso la ayudó a olvidarse un poco de Renzo y del extraño dolor que sentía en el pecho.

Nunca había estado en Nueva York. Había esperado ir allí algún día, pero quería alejarse todo lo posible de sus padres y eso significaba irse a Europa.

Era una ciudad asombrosa y verla desde una limusina, recién salida de un avión privado... en fin, era algo que ni siquiera había soñado nunca. Era un alivio que Renzo cumpliera su promesa de mostrarle una parte del mundo que nunca hubiera podido conocer sin él. Cómo vivían los ricos, cómo viajaban, las cosas que veían, disfrutaban, comían.

En cierto modo, era inquietante. ¿Y si se acostumbraba a aquello? ¿Y si después lo echaba de menos? Eso no podía ser.

No, lo importante era la experiencia, no el lujo del

coche o el avión. En ese aspecto no iba a cambiar. Sus padres, que no eran nada materialistas, le habían inculcado desde niña que el dinero no era importante y eso hacía más fácil viajar solo con una mochila. Mientras muchas de sus compañeras en los hostales se mostraban horrorizadas por las condiciones, ella agradecía tener un espacio propio.

La independencia era el mayor de los lujos. Y debería recordarlo.

Llegaron a Manhattan en silencio y también en silencio entraron en el hotel. Era precioso, con una escalinata de piedra que llevaba a un vestíbulo decorado en color caramelo. No era un sitio muy grande. De hecho, era un hotel pequeño y exclusivo, pero eso lo hacía aún más especial. Como si solo un puñado de personas pudieran experimentar tal lujo.

Sin embargo, la suite que Renzo había reservado ocupaba toda una planta, con habitaciones a un lado y un enorme salón en el centro. Desde las ventanas podía ver Central Park y se quedó transfigurada mirando aquel pulmón verde rodeado por rascacielos y edificios clásicos que había visto en las películas.

—Esto es precioso —murmuró mientras se daba la vuelta.

Pero, al ver a Renzo, se quedó sin habla. Se había quitado la corbata y se estaba desabrochando los dos primeros botones de la camisa... y Esther se encontró más transfigurada por lo que tenía delante que por la vista del famoso parque.

La ciudad. Debería concentrarse en la ciudad. O en el hotel. O en aquella nueva experiencia. No debería obsesionarse por el hombre que estaba frente a ella. No debería sentirse transfigurada por la fuerte columna de su cuello, por la piel bronceada, por el vello oscuro apenas visible bajo la camisa que captaba su imaginación de una forma que la asombró.

Era tan masculino... Su beso también había sido así, masculino. Tan diferente a ella. Conquistador, duro, mientras que ella cedía ante su empuje.

No, no pensaría eso. No pensaría en ceder ante él.

—¿Qué te parece Nueva York?

—Asombroso —respondió ella, con voz ronca—. Es grande y bullicioso como Londres, pero diferente. La energía es diferente.

Renzo frunció el ceño mientras ladeaba la cabeza.

—La energía es diferente —repitió—. Sí, supongo que es verdad, aunque nunca lo había pensado.

—Bueno, tú nunca te has sentado en el suelo para comer un cuenco de cereales y sentir el sol en la cara.

—Desde luego que no.

—Notar la energía es algo que hace alguien que come en el suelo.

—Supongo que es verdad —Renzo sonrió.

—Tú estás demasiado ocupado para notar esas cosas. Me imagino que la gestión inmobiliaria es un trabajo muy activo.

—Sí, incluso en momentos de crisis. Y mucho más si ya tienes un imperio.

—Y tú lo tienes —dijo Esther.

—Ya deberías saberlo.

—Sí, lo sé —Esther hizo un esfuerzo para apartarse y volver a mirar por la ventana—. Me gusta el anonimato de las grandes ciudades. Puedes estar rodeado de gente y completamente solo al mismo tiempo. Donde yo crecí había muy poca gente, pero era como si nunca pudieras estar solo. Cada vez que salías a la calle te encontrabas con alguien conocido y no podías tener un mal día.

–Yo no tengo ese lujo. Todo el mundo me conoce.

–Yo no te conocía porque no soy tan cosmopolita.

–Pero estás en ello.

Esther miró el conjunto que habían elegido para el viaje: tejanos oscuros y una camiseta blanca. Seguramente tenía un aspecto mucho más cosmopolita que unas semanas antes, pero no era ella. Además, la ropa no era suya.

–Al menos en cuanto a mi aspecto –Esther lo miró en silencio un momento–. Supongo que tampoco tú puedes tener un mal día.

Él se rio, pero era un sonido oscuro, cargado de algo que no entendía.

–Claro que puedo. Puedo hacer lo que quiera y comportarme tan mal como quiera. Soy Renzo Valenti y nadie va a darme una charla sobre decoro o buen comportamiento.

–Salvo tu madre.

–Sí, ella lo haría, sin duda. Pero mis padres no pueden hacerme nada –Renzo miró hacia la ventana–. Me dieron demasiada libertad durante demasiado tiempo y ahora tengo demasiado poder. Lo único que pueden hacer es desaprobar mi comportamiento con todas sus fuerzas. Una pena por ellos, pero a mí no me afecta.

–En cierto modo la aprobación y desaprobación también es poder, ¿no?

Esther pensó en su familia, en lo que la había mantenido en la comuna durante tanto tiempo. Sabía que, si se iba, nunca podría volver, porque su padre pondría a sus hermanos en su contra y prohibiría a su madre que hablase con ella. La desaprobación de su padre tendría tanto peso que sería apartada para siempre. No había vuelta atrás.

–Bueno, no estoy seguro –murmuró Renzo.

–No me crees, pero la aprobación de tus padres no viene con ataduras.

Eso lo hizo reír de nuevo mientras se acercaba al bar para servirse un vaso de whisky. Unos meses antes, Esther no habría sabido qué era ese líquido de color ámbar, pero servir mesas la había educado en ese aspecto.

–Claro que sí, pero yo tengo cierto poder para tirar del hilo, así que lo que hay es una lucha de poder.

–Eso es lo que yo quería, ataduras, vínculos reales.

Eso era lo que le dolía, pensó, que no había un vínculo real con su padre. El control era importante para él, no el amor. Y no permitía que nadie desafiase ese control porque podría inspirar a otros a hacer lo mismo.

El amor paternal no era lo bastante fuerte como para estar por encima de eso. Si había habido amor paternal en absoluto.

–Deberías descansar. Tendrás que arreglarte para la gala dentro de un rato y una corta siesta te iría bien.

Esther no sabía qué había provocado tan abrupto comentario, pero agradecería cierta distancia. Necesitaba unos minutos lejos de Renzo, su magnética presencia y todas las emociones y sentimientos que despertaba en ella.

–Sí, creo que tienes razón. ¿Vendrá alguien para maquillarme y arreglarme el pelo?

–Claro que sí. No vamos a dejar eso a la suerte cuando estamos a punto de acudir al evento más importante del año.

–Estoy demasiado aliviada como para sentirme ofendida –replicó Esther antes de dirigirse a su habitación. Suspirando, se lanzó sobre la cama y cerró los ojos.

Era a Renzo a quien veía tras sus párpados cerrados, pero decidió no pensar en ello.

Renzo tenía un plan y estaba convencido de que no iba a fracasar. Pensaba seducir a Esther esa misma noche. A juzgar por cómo lo miraba esa tarde, estaba más que preparada. Él no era un hombre vanidoso, pero tampoco dado a la falsa modestia.

Esther se sentía atraída por él. Había visto cómo la afectaba un simple beso y estaba seguro de que sería suya en cuanto la tocase. Además, estaba impresionada por todo aquello: el lujo del viaje, los lugares del mundo que él ponía a sus pies gracias a su dinero y sus contactos.

No le molestaba que tuviese interés por esas cosas; al contrario, le parecía una ayuda para su causa. Si no le importase todo eso perdería parte de su ventaja, pero Esther quería ir a la universidad, quería ver el mundo y, lo supiese o no, anhelaba sus caricias. Él podía satisfacerla como no podría hacerlo ningún otro hombre, como no lo había hecho ningún otro.

Y solo tendría que casarse con él y ser discreta en público, nada más. No veía razón por la que Esther pudiera poner objeciones.

Le había mentido al decir que sus padres no podían hacerle nada. Su padre lo había amenazado dos semanas antes y, maldita fuera, temía que cumpliera su amenaza. Si así fuera, perdería el control del negocio familiar y no tenía intención de dejar que su cuñado se hiciese con el imperio Valenti. Ya había tenido que renegar de una hija y no iba a perder nada más.

Pensar en eso lo ponía furioso. Creía haber aceptado la decisión porque sus padres lo habían hecho pensando en él, pero le dolía en el alma. De hecho, cada día le dolía más.

A medida que pasaba el tiempo y asumía más control sobre su vida, más le enfurecía la falta de control que había tenido a los dieciséis años.

Pero dejó de pensar en ello cuando la puerta de la habitación de Esther se abrió y ella apareció como... como una reina.

Llevaba el pelo suelto, cayendo en brillantes ondas sobre los hombros. El escote del vestido azul, en forma de corazón, llamaba la atención sobre sus pechos y el corte estilo imperio escondía los sutiles cambios del embarazo. Iba sutilmente maquillada, con sombra dorada en los párpados y las mejillas del color de las amapolas, a juego con los generosos labios.

Era una explosión de luz y de color, y Renzo, que no podía apartar los ojos de ella, tuvo que preguntarse quién iba a seducir a quién. Tal vez la idea de seguir con él entraba en los planes de Esther. Tal vez todo aquello era una elaborada trampa para conseguir su dinero y su poder.

Pero en ese momento no sabía si le importaba. Daba igual que fuese tan inocente como parecía o si era fría y calculadora.

Debería importarle, pero no era así.

—Estás preciosa —murmuró, pasándole un brazo por la cintura. El peluquero estaba tras ella, en la habitación, y decidió usarlo como excusa para lo que estaba a punto de hacer.

Se inclinó hacia delante para rozar sus labios y, de inmediato, quedó claro que la química que había entre ellos no era cosa de su imaginación. De hecho, ese breve roce provocó un incendio dentro de él; una conflagración más ardiente que nada que hubiera experimentado nunca.

No era nada. Solo unos labios, solo una mano en la curva de su cadera.

Pero lo dejó temblando.

–Ven, *cara* –dijo con voz ronca–. Nos están esperando.

Capítulo 9

LA SUNTUOSA galería estaba llena de gente. Todo olía a dinero, desde los diamantes que colgaban del cuello de muchas invitadas a las lámparas de araña del techo. Era el ejemplo perfecto del opulento estilo de vida que Renzo podía ofrecerle si se quedaba con él. La trampa perfecta, y una que ni siquiera había planeado, pero serviría a sus propósitos.

Esther iba a su lado, rozándolo con sus delicados dedos. Y, aunque había varias capas de ropa entre ellos, podía sentir el calor de su piel.

Sí, aquello era conveniente y pensaba aprovecharlo, pero estaba deseando volver al hotel para desnudarla y tenerla entre sus brazos. Resistirse, esperar, se había convertido en una tortura durante las últimas semanas.

Hablar con ella durante la cena cuando lo que quería era sentarla en la mesa y tenerla allí mismo, llevarle libros a la cama cuando lo que quería era mantenerla ocupada con otras actividades...

Había pensado tantas veces en ir a su habitación, tirar la puerta y besarla hasta que ninguno de los dos pudiera respirar.

O hacerla suya sin pretensiones, sin delicadeza, porque tenía la impresión de que no haría falta. Tenía la impresión de que el deseo de Esther era tan potente como el suyo y necesitaba desesperadamente descubrir si era cierto.

En cualquier caso, no podía permitir que el deseo tomase decisiones por él. No podía dar un paso en falso porque su libido estuviera por las nubes.

Pero, cuando Esther lo rozó con la cadera, su reacción fue inmediata, primitiva.

Quería agarrar esas caderas, sujetarla mientras entraba en ella, haciéndola gritar de placer. Por suerte, había llamado a la clínica antes de irse de Roma para preguntar si podían tener intimidad, dado que el embarazo era considerado de riesgo, y la doctora había dicho que podían hacer el amor con normalidad.

Renzo esbozó una sonrisa. Sí, iba a tenerla esa misma noche.

—Hay tanta gente aquí, y todos parecen conocerte.

—Sí, pero yo no los conozco a ellos.

—¿Cómo será ser famoso? —murmuró Esther, como si hablase consigo misma.

—Infame, más bien. No voy a mentirte, soy famoso sobre todo porque los hombres saben que deben cuidar de sus mujeres cuando yo aparezco.

Esther lo fulminó con la mirada y Renzo se sintió satisfecho. Era un riesgo, pero no podía ocultarle su reputación. Y usarla para atizar sus celos podría ser buena idea.

—¿Ah, sí?

—He sido soltero durante mucho tiempo y no tenía sentido contenerme. Como te he dicho antes, no me siento obligado a controlar mi comportamiento. Además, se me concede cierta inmunidad porque soy un hombre muy rico.

—Eso debe de ser muy agradable.

—Siempre ha sido así.

—Mi padre también es de los que piensan que un hombre puede tenerlo todo —dijo Esther, sin mirarlo.

–Muy tradicional, ¿no?

–Bueno, es una forma de verlo. Pero he descubierto que lo que mi padre y otros como él pensaban no tiene nada que ver con la realidad. Lo que hacían era retorcer esa realidad para sus propios fines.

–¿Tuviste una educación religiosa?

–No sé si puede llamarse así. No voy a culpar a la religión, solo a la gente que la utiliza.

–Muy generoso por tu parte.

–Hay que seguir adelante, no vivir bajo la nube del pasado –Esther levantó la mirada, la luz de las lámparas se reflejaba en su rostro–. Yo ya no estoy bajo esa nube –añadió, sonriendo.

Y Renzo decidió que en ella no había trampa ni cartón. Era imposible imaginarse a alguien más auténtico. Nunca había conocido a nadie así, pero Esther parecía serlo y empezaba a sentirse culpable por lo que pensaba hacer. Porque sería una manipulación más que una simple seducción.

Pero, al final, Esther iba a conseguir lo que quería, solo que de una forma diferente, de modo que no debería sentirse culpable.

De repente, se le erizó el vello de la nuca. Sintió como si una lámpara se hubiera descolgado del techo, cayendo sobre él. Era lo que más temía y, sin embargo, nunca podía estar preparado.

Allí estaba.

Samantha.

Su hija.

Verla así, tan cerca, siempre le producía un sobresalto. Cada vez que la veía era como si le arrancasen las entrañas, como si le sacasen el corazón por la boca.

Era un dolor que no curaba nunca y, para un hom-

bre que evitaba las emociones fuertes a toda costa,
una maldición. Él controlaba el mundo, tenía más dinero que algunos países pequeños y, sin embargo, no
la tenía a ella y no podía hacer nada al respecto. Nada
más que destruir lo que Samantha pensaba que era su
vida, quién creía que era.

Se sentía impotente, pero no podía hacer nada.
Para cumplir con su promesa tenía que hacer lo contrario de lo que le decía el instinto: respetar la vida
que había elegido darle a su hija, aunque lo hubiesen
obligado a ello. No podía destruir todo lo que creía
sobre sí misma, sobre sus padres, por temor a destruirla a ella. Y no lo haría nunca.

Lo sabía, pero era insoportable.

Sentía una rabia intensa, casi incontrolable, por no
poder acercarse a ella. Lo único que podía hacer era
agarrarse a Esther con más fuerza, y lo hizo. Tenía
que hacerla suya a toda costa porque no se arriesgaría
a perder otro hijo. Nunca más.

Había perdido una hija y el dolor no desaparecía;
era como una herida que no se curaba nunca, un error
que no podía corregirse.

Su existencia no era un error, por supuesto. La
mezcla de dolor y orgullo que sentía al ver a Samantha era algo que no podría describir. Su hija se merecía una vida mejor de la que él hubiera podido ofrecerle a los dieciséis años o la que hubiera tenido
viviendo con una mujer amargada por la ruptura de su
matrimonio por culpa de un desliz con un chico que
apenas era capaz de cuidar de sí mismo.

Sin duda, su vida era mejor de la que él hubiera
podido ofrecerle entonces, pero ya no había ninguna
excusa. Tenía recursos, experiencia, madurez. Había
vivido siempre intentando demostrar que no era capaz

de criar a la hija que había tenido siendo demasiado joven, pero tendría que ser un padre para sus hijos.

Se lo daría todo, empezando por una familia. Pero no había sitio para Ashley, que había orquestado su existencia con el único propósito de manipularlo. Les daría una vida con un padre y una madre. Esther, tenía que ser ella. Esther iba a traerlos al mundo. Ella era a la que todos considerarían su madre y también los niños.

Estaba completamente decidido. Mientras miraba a la hermosa joven a la que nunca conocería, que compartía su ADN, pero siempre sería una extraña, decidió que estaba haciendo lo que debía.

Se volvió hacia Esther entonces, esbozando una sonrisa.

—Baila conmigo.

Ella parpadeó, sorprendida.

—No sé bailar.

—No me digas que el baile estaba prohibido.

—Pues sí —respondió Esther—. Bailar estaba prohibido, pero yo hacía muchas cosas que no debería hacer.

Algo en esa admisión hizo que se le encogiera el estómago.

—¿Ah, sí?

—Sí, pero la verdad es que no bailé nunca y no quiero avergonzarte.

—No hay ninguna mujer más bella que tú aquí. Aunque me pisaras, no me avergonzaría ser visto contigo.

Esther lo miró con los ojos brillantes. Le gustaban sus halagos, eso era evidente.

—¿Sabes que eres preciosa? —murmuró, deslizando un dedo por su ruborizado rostro.

–Nunca he pensado en eso. Bueno, en realidad solo lo he pensado desde que te conocí.

Renzo le puso una mano en la cintura para llevarla a la pista de baile.

–Espero que eso sea bueno.

–Conocerte me ha hecho pensar en muchas cosas.

–¿Qué cosas?

–En los hombres y las mujeres –respondió ella, mirándolo a los ojos con una sinceridad que lo golpeó directamente en el pecho–. En lo diferentes que somos, en lo que significan esas diferencias. Nunca me había importado ser o no ser guapa hasta que te conocí. Y desde entonces me he preguntado si soy bella y si mi belleza te interesaría. Es un pensamiento raro, ya lo sé, pero es que nunca había pensado sobre mi aspecto físico porque me enseñaron que es malo ser vanidoso –Esther sacudió la cabeza–. Y, si la vanidad es mala, entonces uno no piensa en su aspecto. No te preocupas de ello y tampoco lo hace nadie más, pero no es así como funciona el mundo.

–No, tristemente no.

–Y ahora tengo que preocuparme por mi aspecto, por si me quedan bien los vestidos, lo que tú pienses, lo que piensen los demás. Pero sentirse guapa no es tan malo y cuando tú me dices que lo soy...

–Te gusta –dijo él.

–Sí, me gusta.

Renzo intentó sonreír, pero se le había encogido el estómago. La tenía comiendo en la palma de su mano, pensó.

–Criatura vanidosa –bromeó.

–¿Eso es malo? –preguntó ella, insegura.

–A mí me parece encantador, aunque hay algo que me intriga... ¿por qué has estado pensando en mí?

Dices que has pensado en las diferencias que hay entre nosotros.

Esther volvió a ponerse colorada.

–Es una tontería. Mejor no te lo cuento.

–Pero quiero saberlo –murmuró Renzo, admirando la curva de sus labios, los altos pómulos y las largas y oscuras pestañas. Era el epítome de la belleza femenina, pero también de la inocencia.

–Eres muy... grande –Esther pestañeó, nerviosa–. Y yo soy pequeña. Podrías dominarme si quisieras y, sin embargo, nunca lo has hecho. Hay algo muy excitante en eso. A veces estar contigo me parece peligroso y, sin embargo, sé que no me harías daño. Y no sé por qué, pero a veces pensar eso me hace temblar de arriba abajo.

Renzo hizo algo entonces para lo que no encontraba explicación: deslizó los dedos por su brazo hasta apoyar el pulgar en la base de su garganta. Una demostración de poder, quizá.

Podía sentir el rápido latido de su pulso allí y la respuesta en su propio cuerpo.

–¿Qué más? –le preguntó.

–Eres muy... duro.

–¿Duro? –repitió él en voz baja.

Esther no tenía ni idea. Aquel pequeño flirteo, algo que no se había imaginado disfrutaría tanto, estaba atizando el fuego de su determinación.

–Sí –respondió ella, poniendo una mano sobre su torso y deslizándola lentamente hasta su estómago–. Mucho más duro que yo.

–Parece que te gustaría explorar esas diferencias.

–Yo no...

Renzo tiró de ella para aplastarla contra su torso.

–Te deseo.

La deseaba como a ninguna otra mujer. Y no solo porque quisiera que se casase con él, porque tuviese que atarla a él, sino porque necesitaba algo para borrar aquel dolor insoportable que llevaba torturándolo dieciséis años.

Un rubor inocente cubrió las mejillas de Esther.

–¿Deseas... qué?

–Te deseo desnuda –respondió Renzo, sintiéndola temblar–. Quiero tumbarte en mi cama y quitarte ese vestido. Quiero acariciar cada centímetro de tu cuerpo y saborearte...

Apenas reconocía su propia voz, dura, ronca. Estaba a punto de perder el control.

–No puede ser –murmuró ella.

–Claro que sí. He dicho que eres preciosa y es lo que pienso.

–Pero eso no significa... –Esther estaba tan colorada que parecía a punto de explotar–. Hay muchas otras mujeres. No tienes ninguna obligación conmigo. Estamos prometidos, pero los dos sabemos que no...

–No puedo salir en público con otra mujer –la interrumpió él–. Pero eso es lo de menos. Es a ti a quien deseo. A ti, Esther Abbott. A nadie más.

–Pero yo no sé... conmigo no...

El fuego que había provocado se convirtió en un incendio. Sí, hacía aquello por la necesidad de conservar a sus hijos, por la necesidad de darles la mejor vida posible, y necesitaba a Esther para eso, pero había algo más. En aquel momento, había algo más. Y no sería difícil convencerla de que la deseaba porque era cierto.

–Sí, contigo. Me encanta tu piel y quiero saber si es tan suave por todas partes –Renzo deslizó un dedo por su brazo, disfrutando al notar que temblaba–. Tus labios –susurró, acariciando la comisura y conteniendo un gemido cuando ella los abrió como sin darse cuenta.

La seducción estaba yendo mejor de lo que había esperado. Ese debía ser el objetivo y no solo colarse entre sus hermosos muslos esa misma noche, pero con el deseo latiendo como un animal salvaje dentro de él era difícil recordarlo.

–Tus manos –siguió, acariciando las palmas suavemente–. Quiero sentirlas por todo mi cuerpo. Y sí, podría tener a otra mujer. He tenido más de las que podría contar, no voy a mentirte. Pero ya no las quiero, ya no podría.

La verdad que había en esas palabras lo sorprendió porque no había sido una frase ensayada.

Aquella extraña criatura lo tenía hechizado, pensó. Que lo empujase a buscar libros para ella, por ejemplo. Uno nuevo cada día. Pasaba frente a una librería cuando volvía de la oficina y siempre que lo hacía pensaba en ella. Esther quería aprender y él quería que lo hiciera.

Y *Dio*, lo que la enseñaría esa noche.

–Me atormentas –siguió, olvidando la lista de halagos que había preparado. Estaba ciego. No podía ver nada delante de él y mucho menos adivinar qué saldría de su boca un segundo después–. Me persigues en sueños y cada momento que estoy despierto en la cama, pensando en ti.

Esther temblaba como una hoja y Renzo no podía ver nada más. Lo único que importaba era lo que pasaría un momento después.

Diría que sí. Tenía que hacerlo.

Pero cuando se apartó ligeramente temió que hubiera dado un paso en falso. Temió haber sido demasiado intenso o demasiado sincero.

Entonces tiró de ella para reclamar su boca. La envolvió en sus brazos y le levantó la barbilla con un dedo, creando un espacio íntimo entre los dos.

La había besado antes, pero no así. Aquello no era de cara al público, no era para las cámaras. Y el beso no estaba destinado a terminar ahí.

Era un principio, una promesa precursora de lo que estaba por llegar. Un eco del acto que pensaba completar esa misma noche.

Cuando el roce de su lengua le provocó un gemido supo que había ganado. Porque, si podía reducirla a una masa de deseo en presencia de tanta gente, entonces no sería capaz de resistirse cuando estuvieran solos.

Su padre se enfadaría porque no había aprovechado la oportunidad de hacer nuevos contactos como había prometido, pero su padre no sabía nada de la otra guerra que estaba librando, la guerra para retener a Esther, para defender a la familia que crecía dentro de ella en ese momento.

Necesitó de toda la fuerza de voluntad que poseía para apartarse de ella, para no llevarla a la alcoba más próxima, levantarle el vestido y hacerla suya allí mismo. No, eso solo serviría para satisfacer su deseo, no para seducirla.

Dudaba que Esther hubiera hecho el amor en público alguna vez y también que lo encontrase romántico, de modo que se contuvo.

Y, cuando giró la cabeza y vio a su hija al fondo de la sala charlando con sus amigas, sin saber lo que estaba pasando, sin saber quién era, Renzo volvió a la realidad con más propósito que nunca.

—Vamos al hotel —le dijo.

—Pero hemos venido a Nueva York solo para esto.

Él esbozó una sonrisa.

—No, *cara*. He venido a Nueva York por ti, para seducirte, para hacerte mía.

En los ojos oscuros de Esther apareció un brillo de desconcierto.

—Podrías haberlo hecho en Roma —susurró.

—Pero lo haré aquí —dijo él, pasando la yema del pulgar sobre sus labios—. Con esta ciudad como telón de fondo, en la enorme cama de ese precioso hotel. En un sitio donde no habías estado antes, donde ningún otro hombre te ha tenido. Y te juro que jamás lo olvidarás.

Esther apartó la mirada y vaciló un momento, como si estuviera a punto de decir algo.

Pero no lo hizo. Sencillamente asintió y tomó su mano.

Capítulo 10

HABÍA algo salvaje dentro de ella, algo que había temido desde el momento en que empezó a sospechar que estaba ahí. Por supuesto, era ese lado salvaje lo que la había empujado a rebelarse contra su familia, lo que la había inspirado para romper el estricto código de conducta en el que había sido educada y buscar otros horizontes.

Lo que la había expulsado del único hogar que había conocido nunca.

Pero había esperado controlarlo de algún modo. Nunca se hubiera imaginado que le entregaría a otra persona las riendas de su vida.

Se había dicho a sí misma que no iba a buscar un hombre porque necesitaba libertad, que no le importaba estar guapa porque tenía un mundo que descubrir y daba igual lo que viesen los demás cuando la miraban.

Pero no era cierto, ya no. Aquello era lo que tanto había temido: conocer a un hombre que fuera su perdición. Porque esa cosa salvaje que habitaba dentro de ella no solo estaba hambrienta de experiencias, de ver mundo, de conocerse a sí misma.

También estaba hambrienta de amor carnal, de caricias sensuales, del roce de las manos de un hombre sobre su piel desnuda, de la ardiente presión de sus labios sobre los suyos, en su cuello... y más abajo.

Renzo había hecho que se viera a sí misma de verdad. Tenía la impresión de que él lo sabía desde el primer momento y eso la tenía conmocionada.

Pero no había vuelta atrás porque ya no podía negárselo a sí misma.

Y no quería hacerlo.

Tendrían que hablar, pensó, pero lo harían después. No quería decir nada que lo hiciese cambiar de opinión. Debía de sospechar que era inexperta, pero lo que había dicho antes sobre tenerla en la ciudad donde ningún otro hombre la había tenido le hizo pensar que tal vez no sabía hasta qué punto. Que no sabía que era el primer hombre que la besaba, que sería el primer hombre que...

Tembló cuando la limusina se detuvo frente al hotel. Podía decir que no. Sabía que podía hacerlo y Renzo no haría nada.

Pero entonces recordó la fiereza con que la había besado en una sala llena de gente. El beso, tan íntimo, la había incendiado por dentro. Renzo estaba fuera de sí. Ya no era el hombre frío y reservado...

Esther tragó saliva mientras observaba su seria expresión. Estaba segura de que pararía si se lo pidiese.

Sí, claro que sí. Era un hombre, no un monstruo. Aunque fuese un hombre al que apenas podía reconocer en ese momento. Había una intensidad en él que no había visto antes. Una desesperación, un ansia que atizaba su deseo.

No la tocó mientras subían en el ascensor hasta la suite y, por un momento, Esther temió que su pasión se enfriase. Pero una vez que las puertas se cerraron tras ellos descubrió que apenas podía respirar y cuando volvieron a abrirse dejó escapar un suspiro de alivio que Renzo debió de notar.

No la tocó mientras se dirigían a la puerta de la suite, ni mientras la abría con una tarjeta magnética, pero, cuando le puso la palma de la mano en la espalda para empujarla suavemente hacia el interior, el contacto la quemó a través del vestido.

Y, cuando la puerta se cerró tras ellos, fue Esther quien se acercó. Fue ella quien lo besó, porque no quería cambiar de opinión. No quería perder la locura que se había apoderado de ella y lo besó con desesperación.

Pero, cuando le empezó a aflojar el nudo de la corbata con dedos torpes, Renzo le sujetó la mano.

–Espera.

–No –respondió ella entre besos, entre desesperados tirones de la camisa–. No puedo esperar.

Él le sujetó las muñecas.

–No hay prisa –murmuró, inclinándose para rozarle la mejilla con los labios–. Algunas cosas hay que hacerlas despacio.

¿Despacio? ¿Ella sentía como si en su interior hubiese una criatura salvaje y él quería ir despacio? Había esperado veintitrés años para llegar a ese momento. Para estar con un hombre, para desearlo como deseaba a Renzo. Y con la satisfacción tan cerca, él quería ir despacio.

Pero ella no quería parar.

Eso la sorprendió, especialmente después del pequeño ataque de nervios que había sufrido antes de ir al hotel. Pero ya no estaba nerviosa.

Lo que le había dicho en la pista de baile era cierto: su fuerza, y cómo la contenía, era un poderoso afrodisiaco.

–No quiero ir despacio –le dijo.

–Espera –repitió él con tono firme, sujetando sus

muñecas con una mano para, con la mano libre, bajar la cremallera del vestido. La prenda cayó al suelo, dejándola solo con las bragas.

La había visto así el día de las pruebas de vestuario, pero era completamente diferente. Entonces estaba de espaldas, y aunque podía sentir sus ojos clavados en ella, no podía ver su expresión. Pero podía verla en ese momento.

La miraba con la intensidad de un predador y no se molestaba en disimular la admiración por sus pechos que, de repente, parecían hincharse. Sus pezones empezaron a levantarse bajo la masculina inspección y, sin que él la tocase siquiera, sintió una humedad entre las piernas.

–¿Lo ves? –murmuró, el brillo irónico de sus ojos resultaba casi humillante–. Despacio está bien. Será mejor para ti. No sé qué experiencias has tenido antes, pero me imagino que habrá sido algún revolcón rápido.

–Yo no...

–Pero nosotros tenemos toda la noche –siguió Renzo, como si no la hubiese oído–. Y yo no soy un hombre que se apresure con sus vicios, *cara*. Prefiero disfrutarlos despacio.

–¿Yo soy un vicio? –preguntó ella con voz temblorosa.

–El mejor de los vicios.

Renzo le rozó suavemente la barbilla con los dientes antes de morderle el labio inferior, provocando un nada desagradable cosquilleo entre sus piernas. Cuando ladeó la cabeza para pasar la punta de la lengua por su cuello, Esther notó que se le endurecían los pezones, como suplicando atención. Sabía lo que quería, pero le daba vergüenza decirlo. Ni siquiera tenía la suficiente experiencia como para saber si lo que deseaba era razonable.

Pero, por suerte, él parecía capaz de leerle el pensamiento y trazó con la lengua la aréola de un pezón antes de metérselo en la boca, la sensación le provocó chispas por todo el cuerpo.

Esther intentó apartarse porque se le doblaban las piernas, pero, si él se dio cuenta, no respondió. Si le importaba, no lo demostró. Siguió con la exploración de su cuerpo, repitiendo en el otro pezón lo que había hecho con el primero. Parecía sentirlo por todas partes, en cada centímetro de su piel. Era algo... irreal.

Esther se sentía como si estuviera observando la escena, viendo cómo le ocurría a otra persona, porque eso no podía estar pasándole a ella. Pero era mejor verlo así, porque la alternativa era existir en su propia piel, que parecía a punto de romperse.

Renzo deslizó las manos por su espalda, metiéndolas bajo el encaje de las bragas para acariciar sus nalgas... y Esther ya no se sentía dividida. Ya no estaba por encima de la escena, sino en ella, y todo era demasiado erótico, demasiado carnal. Sentía demasiado, quería demasiado. El vacío que había dentro de ella estaba liberando una marea de deseo.

Renzo tiró de ella contra su cuerpo, permitiéndole sentir la evidencia de su deseo. Era tan grande, tan duro, todo aquello con lo que nunca se había permitido fantasear. Y, sin embargo, también era aterrador.

Porque no sabía qué hacer con ello. No sabía qué hacer con un hombre como él, pero tenía la impresión de que pronto iba a descubrirlo.

Lenta, muy lentamente, Renzo tiró hacia abajo de sus bragas y se inclinó para deshacerse de ellas y quitarle los zapatos, como había hecho aquel día en la habitación.

Pero en aquella ocasión, cuando levantó la mirada, Esther supo que no había ninguna barrera entre ellos y se estremeció de placer.

Renzo deslizó las manos por sus muslos y, tontamente, Esther juntó las rodillas, como si así pudiera esconderse de él, como si así pudiera detener ese latido de deseo.

Intentó apartarse, pero él la atrajo hacia sí.

—No te preocupes, *cara* —murmuró, besándole la cadera—. Voy a cuidar de ti.

Aquello tenía que ser una perversión. Ese era el pensamiento predominante cuando notó el roce de su ardiente y húmeda lengua sobre la fuente de su deseo por él. Aquel era el culmen de su rebelión, lo más bajo que podía caer.

Renzo clavó los dedos en sus nalgas mientras deslizaba la lengua por los húmedos pliegues... y a partir de entonces le dio igual que fuese un error o una perversión. Nada importaba salvo la exquisita sensación que experimentaba. Tembló mientras rozaba con la lengua el sensible capullo de nervios una y otra vez, estableciendo un ritmo que podría romperla en mil pedazos, pero no se apartó. Al contrario, se aferró a él mientras le robaba el control con cada roce de su lengua, mientras la dejaba reducida a una masa de deseo.

El deseo había ganado la partida y, si era sorprendente, si estaba un poco escandalizada, eso solo lo hacía más excitante.

Porque aquel oscuro secreto que había dentro de ella podía salir a jugar. Aquella parte de sí misma que tanto temía estaba viviendo, siendo libre. Siempre había temido no poder ser la persona que sus padres querían que fuera, por mucho que le gritasen, por mucho que intentasen controlarla. Y estaba demostrando que tenía razón.

Había empezado aquel viaje más de un año antes y aquel era el lógico final, pero no le parecía una catástrofe; al contrario, le parecía un triunfo.

Sin decir nada, Renzo se enredó sus piernas en la cintura y la apretó contra su torso mientras la llevaba a la habitación.

Esther se agarró a sus hombros, temblando; la sorpresa y la anticipación atizaban un deseo que ya no podía controlar.

Cuando llegaron al dormitorio la tumbó sobre la cama y se arrodilló en el suelo, empujándola hacia su boca. Se colocó sus piernas sobre los hombros, con los talones apretados contra sus clavículas mientras la saboreaba profundamente con la lengua. Cuando introdujo un dedo en su interior, la invasión hizo que Esther dejase escapar un gemido de sorpresa.

El roce de su lengua sobre los húmedos pliegues y esa íntima invasión hicieron que perdiese la cabeza. Se movía hacia un objetivo que ni siquiera conocía. Sentía un deseo abrumador, pero no sabía qué era lo que deseaba.

Renzo aumentó el ritmo, la presión, y Esther se olvidó de respirar, se olvidó de pensar. Se echó un brazo sobre los ojos, moviendo las caderas al ritmo que él marcaba, sin importarle nada, sin sentirse avergonzada. Y sabía que se lo daría todo, que le permitiría cualquier libertad.

Entonces, de repente, fue como si un cristal se rompiese dentro de ella, brillante y mortal, la sensación era tan intensa que casi creyó morir.

Él siguió acariciándola con la lengua mientras

su cuerpo era sacudido por los espasmos, tomándose su tiempo, satisfaciéndose a sí mismo mientras ella se quedaba sin aliento, asaltada por la sorpresa de aquel increíble orgasmo.

–Renzo... –empezó a decir, temblando de arriba abajo–. Necesito...

–Te daré lo que necesitas –la interrumpió él–. Ten paciencia.

Ni siquiera sabía qué necesitaba. No debería necesitar más de lo que ya le había dado y, sin embargo, sentía que faltaba algo y no estaría satisfecha del todo hasta que lo tuviese dentro de ella.

Pero entonces él se puso de pie para quitarse la camisa, desabrochando cada botón lentamente, revelando una piel dorada, unos músculos marcados y la perfecta cantidad de vello sobre su torso.

Ardía en deseos de tocarlo, de saborearlo, pero descubrió que no podía moverse. Tenía la boca seca mientras lo veía desnudarse lentamente, de una forma enloquecedoramente metódica. Y, cuando se llevó las manos a la hebilla del cinturón, todo se paralizó.

Nunca había visto a un hombre desnudo y no sabía si alegrarse o lamentar su falta de experiencia.

Se pasó la lengua por los labios mientras lo veía bajar la cremallera lentamente, con la atención centrada solo en eso. Y luego tiró del pantalón, llevándose a la vez el calzoncillo, revelando cada centímetro de su poderosa masculinidad.

Se le encogió el estómago de deseo. No sentía ningún miedo virginal.

Intentaba pensar en nuevas experiencias y todo eso, pero no funcionaba. No servía de nada porque él era más que una nueva experiencia, porque no solo estaba acostándose con él por experimentar el sexo.

Lo deseaba a pesar de sus nervios, a pesar de su inocencia. Lo deseaba más de lo que recordaba haber deseado nada en toda su vida.

Era aterrador desear tanto algo a pesar de las dudas y los miedos, aun sabiendo que podría terminar mal. Pero también era fascinante saber que no podía evitarlo porque no había alternativa.

–No tienes que preocuparte por mi salud –le aclaró él–. Me hice todas las pruebas cuando me separé de Ashley y no he estado con nadie desde entonces.

–Yo también –dijo Esther, sin entender del todo lo que estaba diciendo.

–Estupendo.

Renzo se tumbó a su lado en la cama y deslizó las manos por sus muslos, su cintura, sus pechos, apretando un pezón entre el pulgar y el índice.

Esther se arqueó hacia él, sorprendida por la ferocidad de su deseo después de haber tenido un orgasmo. Pero quería más, necesitaba más.

Él la besó y, mientras lo hacía, se colocó entre sus muslos, con la punta de su miembro presionando sobre su húmeda entrada. Esther echó la cabeza hacia atrás. Lo deseaba, no había la menor duda. Ninguna en absoluto.

Y si había algo de miedo daba igual. Todo era sacrificado ante el altar del deseo. Estaba entregándole su miedo, su cuerpo, su virginidad. Eso era lo que hacía que fuese tan importante, tan inmenso. Lo que hacía que se entregase por completo.

Nunca sería la misma después de aquello.

Sus ojos se encontraron con los de Renzo mientras empezaba a empujar las caderas hacia delante. La enormidad de la invasión fue tan sorprendente que casi se olvidó del breve, pero agudo, dolor que la acompañó.

Alargó una mano para tocar su cara, mirándolo a los ojos. Estaba dentro de ella, era una parte de ella. Estaban unidos y sabía que eso lo cambiaba todo porque no podía experimentar aquello de manera frívola.

Para ella, el sexo siempre sería algo profundo, algo que resonaba dentro de su alma y la cambiaba por completo.

Renzo empezó a embestirla apasionadamente, rozando con su cuerpo el sensible capullo escondido entre el triángulo de rizos, y Esther se agarró a sus hombros mientras los llevaba hacia el borde del precipicio, sus jadeantes respiraciones formaban la banda sonora de aquel despótico deseo.

Saber que él estaba tan enloquecido como ella solo servía para excitarla aún más. Era imposible contenerse. Lo deseaba tanto que se rompería del todo si no encontraba la liberación y, sin embargo, casi no quería terminar. Casi quería quedarse así, en el límite entre el placer y el dolor, más cerca de alguien de lo que lo había estado en toda su vida.

Acarició sus bíceps, sintiendo su fuerza mientras Renzo la embestía, frenético. Le encantaba la sensación de ser consumida.

Aquello era la vida sin filtros, sin protección, descarnada e intensa. Y, sin duda, tan peligrosa como siempre le habían advertido.

Pero era real como no lo había sido nada hasta ese momento.

Renzo dejó escapar un gruñido ronco, y fue ese sonido, esa demostración de intensidad lo que la hizo perderse del todo. El orgasmo la sacudió hasta lo más profundo, conmocionándola más que el anterior.

Se agarró a él cuando terminaron los espasmos, notando que se ponía tenso como una cuerda durante un segundo, con todos sus músculos temblando antes de dejarse llevar por su propio e incontenible placer.

Y esa fue su perdición. Tenerlo temblando sobre su cuerpo, dentro de su cuerpo. Aquel hombre que tenía tanta experiencia, que era tan poderoso que parecía hecho de granito... hacer que perdiese el control de ese modo estaba cambiándola para siempre.

No sería igual si Renzo no fuese el hombre que era; si fuese un hombre fácil que se dejara llevar. Pero no lo era, todo lo contrario. Y eso hacía que fuese importante. Esther tenía la impresión de haber movido una montaña cuando solo unas horas antes hubiera dicho que eso era imposible.

Era distinto de su padre, que intentaba controlarla porque temía que fuera su propia persona. Renzo no intentaba controlarla a ella, sino a sí mismo, tal vez por miedo a su propia pasión.

Y esa, seguramente, era la diferencia entre un hombre que actuaba por debilidad y un hombre poderoso y seguro de sí mismo como Renzo.

No sabía por qué estaba comparándolos o por qué se había imaginado que Renzo no era tan perfecto y hermoso como parecía.

Tal vez porque lo había visto roto en pedazos un segundo antes. Como ella.

Él se apartó para sentarse sobre la cama, pasándose las manos por el pelo.

—Podrías haberme dicho que eras virgen.

Capítulo 11

PENSÉ que era evidente –respondió ella, sin saber dónde los llevaría esa conversación–. Aunque también pensé que después del procedimiento en la clínica de fertilidad podría no ser tan obvio.

Él sacudió la cabeza.

–Muchos hombres son torpes en la cama, Esther. Eso podría justificar tu falta de experiencia.

–Pero no ha habido ninguno. Te había contado suficientes cosas sobre mi infancia como para que lo supieras... en fin, da igual. ¿Estás diciendo que no te hubieras acostado conmigo de haber sabido que era virgen?

–No –respondió él con voz ronca.

–Entonces, no merece la pena seguir hablando de esto.

–Pero podría haber sido más suave.

–Razón de más para no contártelo. Porque... me ha gustado cómo lo has hecho.

–Porque era la primera vez. No podías comparar.

Esther se cubrió con la manta, sintiéndose de repente pequeña y desnuda.

–Tal vez debería contarte más cosas.

–Quiero entenderte –dijo Renzo–. Háblame de ti. Cuéntamelo todo.

–Si me hubieras prestado más atención sabrías que no había estado con ningún otro hombre.

–Pensé que habrías conocido a alguien durante el viaje. Viajar como lo haces tú, y a tu edad...

–¿Lo sabes porque has recorrido el mundo con una mochila?

–No, pero me imagino que es algo normal –respondió él.

–Muy bien. Creo que ahora es cuando tengo que contarte que yo no soy como otras chicas –Esther esbozó una sonrisa–. Bueno, eso es evidente. No crecí en un pueblo pequeño... no era mentira del todo, pero tampoco es la verdad. Me criaron en una comuna.

Renzo frunció el ceño.

–¿Quieres decir que te criaron en una secta?

–Algo así, supongo. No nos dejaban ver la televisión, no podíamos escuchar la radio. No sabía nada de la cultura popular, no veíamos las noticias. No sabía nada que mi familia, o los líderes de la comuna, no quisieran que supiéramos.

–Ahora entiendo muchas cosas –dijo Renzo en voz baja, como si estuviera reuniendo las piezas de un rompecabezas y descubriendo que, al fin, encajaban.

–Me imagino que sí –Esther tomó aire–. Pero yo nunca encontré mi sitio allí. Empecé a rebelarme en secreto cuando era niña.

–Si solo conocías lo que te habían enseñado en la comuna, ¿qué hizo que te cuestionases tu vida?

Nadie le había hecho esa pregunta. La mayoría de la gente no quería que hablase de ello porque les resultaba incómodo. O le preguntaban cosas como si le habían rapado la cabeza.

–No lo sé –respondió–. Solo sé que nunca me pareció bien, así que empecé a explorar. Había una biblioteca en el pueblo de al lado y yo solía llevar libros a casa sin que me vieran. Luego me iba a las montañas a leerlos. Hice lo mismo más tarde con la música, aunque eso era más difícil porque nunca tenía dinero. Al final, conseguí un reproductor de música de segunda mano y algunos CD...

—No era una gran rebelión —comentó él.

—Para mí lo era. Y para mi padre. Mi hermano pequeño me delató. Sé que no quería hacerme daño, solo era un crío —Esther sacudió la cabeza, intentando contener las lágrimas—. Mi padre se puso furioso. Dijo que debía prometer que nunca más volvería a hacer algo que no hubiera sido aprobado por él o tendría que irme de la comuna.

—¿Y lo prometiste?

—No podía hacerlo, así que hubo una reunión de los líderes. Yo pensaba que mi padre me quería y se lo pregunté delante de todos. Si me quería, ¿cómo podía echarme de casa porque me gustasen los libros y la música? Solo porque era diferente —Esther se llevó una mano al pecho—. Pero él dijo que ya no podía ser su hija, que debía irme porque era lo mejor para todos, que debía cambiar. No me quería, solo quería controlarme.

Aunque no volvería nunca, seguía doliéndole. Su vida había cambiado para mejor por haberse ido de la comuna, pero no iba a agradecérselo a su padre cuando su rechazo le dolía tanto.

—Me imagino que fue muy difícil para ti —dijo Renzo, pensativo.

—Sí, lo fue. Me dolió mucho, pero pronto conseguí un trabajo en el pueblo, ahorré dinero durante un año, hice el examen de selectividad, conseguí un pasaporte y me fui a Europa.

—Y entonces conociste a Ashley.

—Y a ti —dijo ella.

Las palabras quedaron suspendidas en el aire. Le parecía tan importante haberle conocido, estar allí con él. Aunque había decidido acostarse con Renzo sabiendo que no era solo por experimentar el sexo, aunque seguía intentando entender las implicaciones de ese íntimo encuentro.

—Sí —asintió él, sin mirarla—. Has conseguido algo más de lo que buscabas con esta aventura, ¿no?

—Tú eres mucho, mucho más.

—Pero nos llevamos bien.

—No siempre. A veces no te entiendo.

—Me refería a la cama. Es el sitio donde suelo relacionarme con las mujeres.

Esther frunció el ceño.

—No sé si eso es muy halagador.

—Estoy divorciado. Me imagino que pensarás que hay una razón para que lo esté.

—Bueno, he conocido a tu exmujer, así que entiendo por qué no funcionó. Aunque me he preguntado muchas veces por qué te casaste con ella.

—Porque era la mujer más inconveniente, porque era una pesadilla y yo lo sabía.

—No lo entiendo.

—Me imagino que, habiendo crecido en un ambiente tan estricto, recibirías algún castigo cuando hacías algo malo... o algo que tus padres pensaban que era malo.

—Sí, claro.

—Ashley era mi castigo —Renzo se rio amargamente.

—¿Castigo por qué?

—Da igual —respondió él. Pero Esther intuía que importaba más que nada—. Yo sabía que estaba condenado, creo que siempre lo he sabido, pero tú... pensé que contigo todo podría ser diferente.

—¿A qué te refieres?

—¿Y si lo intentásemos, Esther?

—¿Intentar qué?

—Seguir juntos. ¿Por qué tenemos que separarnos cuando nazcan los niños? —Renzo dio un paso adelante para acariciarle la cara y Esther se lo agradeció. Necesitaba ese contacto después de haber tenido intimidad con él.

—Porque sí —respondió, sin ninguna convicción—. Tú no elegiste esta situación y yo tampoco. Solo estamos... intentando arreglar el problema. Nos sentimos atraídos el uno por el otro, pero no tiene sentido empezar algo que no vamos a terminar.

—Eso es lo que no tiene sentido para mí. ¿Por qué no podemos seguir juntos?

—Tú sabes por qué. Acabo de abandonar una existencia restrictiva que no me permitía decidir quién era o lo que quería. No puedo hacerme eso a mí misma —respondió Esther. Pero ni siquiera ella se lo podía creer ya. Sabía que debería, sabía que era cierto, y que lo que estaba haciendo era importante. Debía encontrarse a sí misma en el mundo real después de haber estado tan aislada.

Era peligroso pensar que todo lo importante estaba en aquella habitación, en el espacio entre sus cuerpos desnudos. Que lo único que le interesaba era dónde pondría Renzo sus manos, qué parte de su cuerpo tocaría.

Era tan peligroso...

—¿Tu vida conmigo es restrictiva? Puedes hacer lo que quieras y ya no tienes que servir mesas para ganarte la vida. Puedes dedicarte a estudiar, a leer, y no hay ninguna razón para que no puedas ir a la universidad.

Lo que estaba diciendo era tan tentador, tan aparentemente sencillo... Una vida con él, viajando, estudiando lo que quisiera. Estaría con él y no podía ver el lado negativo después de haber hecho el amor.

–Pero no podemos empezar algo que no... no sería justo –Esther se llevó una mano al abdomen–. Sé que estos hijos no son míos, pero todo es tan complicado. No sé si son las hormonas o qué, pero cada día me parece más real. No puedo ser madre durante un tiempo para luego marcharme. O no voy a criarlos o seré su madre para siempre –afirmó, experimentando un anhelo desconocido.

Era como si un dique se hubiera roto y un torrente de emociones la ahogaba. Se preguntaba cómo sería ver a los bebés cuando naciesen, tenerlos en sus brazos. Cómo sería dárselos a Renzo y luego marcharse para siempre.

O cómo sería tenerlos en sus brazos para siempre. Ser su madre.

Ese pensamiento la partió por la mitad. Por un lado, temía hacerse responsable de otro ser humano. ¿Qué sabía ella, que era prácticamente una niña y estaba descubriendo el mundo?

Pero por otro... lo anhelaba de tal forma... Anhelaba una conexión real, el amor que no había recibido nunca. Sería la oportunidad de amar a alguien de forma incondicional, la oportunidad de que le devolviesen ese amor.

Miró a Renzo entonces y se le encogió el corazón. Porque había otra persona involucrada aparte de los niños.

Pensó entonces que tal vez no había entendido lo que estaba sugiriendo.

–¿Estás diciendo que me quede como niñera, como tu amante?

–Como mi mujer, Esther.

–¿Quieres casarte conmigo?

–Podemos darles una familia a nuestros hijos, podemos ser una familia. Cometí un terrible error al casarme con Ashley. Estaba furioso con el mundo e intentaba demostrar mi falta de valía. Pero la realidad es que voy a tener dos hijos... y eso hace que quiera justo lo contrario. Quiero convertir esta situación en algo maravilloso para todos.

Era la primera vez que lo oía expresarse con tanto sentimiento, pero también era la primera vez que habían hecho el amor. Tal vez eso lo había cambiado todo para Renzo también. Si ella se sentía cambiada de un modo trascendental, ¿por qué no podía pasarle a él lo mismo?

Pero había vivido en una casa en la que nunca hubo amor y sabía, sin la menor sombra de duda, que no podría volver a soportarlo. Renzo le prometía libertad, prometía que podría cumplir sus sueños, pero necesitaba algo que le asegurase que no iba a romper con ella como había roto con Ashley. Sí, ella no era Ashley, pero Renzo seguía siendo el mismo hombre y había tantas cosas de él que no sabía...

Había sentido algo electrizante en él desde el momento que lo conoció. Tal vez era biología, tal vez tenía algo que ver con que estuviese embarazada de sus hijos, pero tenía la sensación de que era algo profundo.

Desearía que no lo fuera, así todo sería mucho más sencillo y podría evaluar la situación con más frialdad. Con la distancia necesaria.

Pero no había distancia.

Y la personalidad de Renzo...

Sabía que el control era destructivo. Había destruido a su madre, convirtiendo a una mujer vibrante y llena de vida en una persona gris, sin opinión propia. También había estado a punto de destruirla a ella, pero había encontrado fuerzas para plantarle cara.

Si se hallaba en la misma situación... ¿sería capaz de encontrar fuerzas para volver a hacerlo o estaría demasiado rota?

No, no lo permitiría.

—Renzo, necesito saber algo. O, más bien, tengo que decirte algo. He sido feliz contigo en las últimas semanas y no esperaba serlo. No quería sentir nada por ti ni por el embarazo. Quería marcharme cuando esto terminase, pero creo que ya no podría hacerlo. Sé que algo ha nacido entre nosotros, que hay una conexión que no existía antes, y creo que... me he enamorado de ti y por eso dudo. He vivido en una casa en la que no me querían y no podría volver a soportarlo, así que tengo que saberlo: ¿tú me quieres? ¿Crees que podrías quererme algún día?

No hubo ninguna vacilación por su parte. Renzo se inclinó hacia delante para besarla con toda la pasión que aún había entre ellos.

—Claro que te quiero —respondió después, mirándola a los ojos—. Quiero pasar el resto de mi vida contigo. Di que sí, Esther. Por favor, di que sí.

Ella lo miró y se dio cuenta de que con aquel hombre solo había una respuesta.

—Sí, Renzo, me casaré contigo.

Capítulo 12

RENZO tomó un trago de whisky y miró hacia el oscuro pasillo. Estaba comprometido con Esther, comprometido de verdad.

Y le había mentido.

Había retorcido la verdad en muchas ocasiones para conseguir lo que quería. Era una necesidad en el mundo de los negocios y a todo el mundo le parecía aceptable. Había hecho eso con Ashley. Desde casarse en Canadá hasta hacerle firmar el acuerdo prematrimonial.

Nunca se había sentido culpable por ello, pero se sentía culpable en ese momento. Se sentía culpable mintiéndole a Esther.

¿Importaría que ella lo supiera? No le había costado nada decir que la quería y daba igual que fuese verdad o no. Ella necesitaba oírlo y eso era lo único importante.

Pero Esther le había hablado de su padre, de cómo había intentado controlarla, y tenía que preguntarse si él era diferente.

Pensó en el brillo de esperanza que había visto en sus ojos y aplastó sus remordimientos con otro trago de whisky.

Habían vuelto a Italia esa mañana y, en atención a su inexperiencia, había hecho un esfuerzo para no tocarla. Y también porque incluso él tenía sus límites.

Su intención había sido hacerle el amor hasta que no pudiera separarse de él, pero después de la conversación de la noche anterior le parecía canallesco.

Esther, sin embargo, parecía feliz y convencida de su decisión. Y cada vez que lo miraba con esos ojos tan sinceros, Renzo tenía que hacer un esfuerzo para no bajar la cabeza.

El sentimiento de culpabilidad había echado raíces en su corazón.

Había mentido sobre muchas cosas, pero nunca sobre el amor. Nunca le había dicho a Ashley que la amaba, jamás.

No debería importarle porque el amor no significaba nada. Ese sentimiento había sido arrancado de su corazón dieciséis años atrás, cuando le robaron los derechos sobre su hija.

Había renunciado a todo desde entonces. A su derecho a amar, a su derecho a ser feliz. Incluso a su derecho a estar furioso.

Renzo dejó el vaso de golpe y se dirigió al pasillo, hacia Esther. Debería alejarse de ella. No tenía derecho a tocarla y, sin embargo, iba a hacerlo.

Lo único que no podía lamentar era hacer el amor con ella. La deseaba. Quería tenerla cerca, quería que viviese bajo su protección, su cuidado.

«¿Y en qué modo es eso diferente a la familia de la que escapó?».

Él era diferente. Le daría todo lo que necesitaba, todo lo que quería. A cambio, serían una familia y sus hijos tendrían estabilidad. Él heredaría el imperio Valenti y, por lo tanto, también lo harían sus hijos. Hacer otra cosa sería robarles sus derechos de nacimiento.

No había nada de malo en eso y Esther sería feliz con él. Todo el mundo sería feliz por esa decisión.

Renzo apretó los puños mientras salía al pasillo, intentando ignorar la extraña presión en el pecho.

Esther había tenido que olvidarse del pasado para seguir adelante, pensó mientras se dirigía al dormitorio. No sabía por qué había recordado eso, tal vez porque la deseaba como nunca. Tal vez porque podía sentir el peso de su mentira.

Pero no podía dejar que se le escapase el control de la situación porque, si lo hiciera, ¿cómo sería su vida? Si dejaba que Esther se fuera, ¿qué lo empujaría a seguir adelante?

Renzo se dejó abrazar por la oscuridad que lo rodeaba y la que había dentro de él. Pero se preguntó a sí mismo, no por primera vez, si sus hijos serían felices siendo criados por un hombre como él.

Se llevó una mano a la frente, intentando controlar la tensión. Tal vez había bebido demasiado. Esa era la única explicación para tan repentino ataque de conciencia y para el opresivo peso que sentía en el pecho.

—¿Renzo?

La voz de Esther rompió el silencio y la oscuridad en la que estaba envuelto.

—¿Sí?

—Ven a la cama.

Esa sencilla proposición, tan dulce, tan generosa, lo golpeó como una bofetada, pero decidió dejar de ponderar sus motivos. Decidió olvidarlos por el momento mientras empezaba a quitarse la ropa. Se sentía orgulloso de no haberla tocado, como si eso lo convirtiese en un hombre honrado cuando estaba manipulándola con sus palabras.

No era un hombre honrado, debía reconocerlo de una vez. Hasta había olvidado por qué estaba haciendo aquello.

Tragó saliva mientras se quitaba la camisa y bajaba las manos hacia el cinturón.

–Te quiero –dijo ella, sentándose en la cama.

Renzo apretó los dientes mientras tiraba del pantalón y el calzoncillo, dejándolos caer al suelo. Se sentía... helado, como si lo hubieran envuelto en hielo, con el corazón latiendo a duras penas.

Se movió despacio hacia la cama y se inclinó sobre ella para poner las manos a cada lado de su cara, acorralándola.

–Yo también te quiero –murmuró, sin sentir nada cuando pronunció esas palabras.

Pero, cuando la besó, todo pareció despertar a la vida. El fuego que había entre ellos derritió ese temible hielo que envolvía su corazón.

Había algunas cosas de las que estaba seguro en ese momento: que ella era inocente y se merecía a un hombre mejor que él. Que él estaba mintiendo y que iba a tenerla de todos modos.

Esther movió las manos sobre su torso y la felicidad, el placer que parecía encontrar explorando su cuerpo atizó las llamas de su deseo y su sentimiento de culpabilidad al mismo tiempo.

Todo aquello era nuevo para ella. Nunca había besado a un hombre antes de él y él sería su único amante. Su sexualidad sería suya, conformada por él.

En cuanto a técnica y habilidad, seguramente podría haberle ido peor con otro hombre. Él sabía que la satisfacía, que podía darle lo que quería físicamente. Emocionalmente, el intercambio siempre sería vacío por su parte.

Pero intentó no pensar en ello. Daba igual. Esther no lo sabría nunca.

Ella le pasó los dedos por el pelo, agarrando su

cabeza mientras la aplastaba contra el colchón, ar-
queándose hacia él con un suspiro de gozo.

Renzo se despreciaba a sí mismo. Estaba dentro de
ella pensando en todo eso, calculando cada movimiento. Mientras Esther era sincera, generosa con su
cuerpo y con su alma.

Sí, era un canalla.

De repente, Esther se zafó de sus brazos y lo tumbó
sobre el colchón.

—¿Qué haces?

Ella puso la mano en el centro de su torso, pidiéndole silencio con un gesto mientras se inclinaba para
besarlo justo sobre la zona de su helado corazón.

—Déjame.

Siguió hacia abajo, besándolo, dejando un ardiente
surco con su lengua hasta que rozó la punta de su
erección con los labios.

—Esther... —repitió él, con un tono más seco del que
pretendía.

Pero no se merecía aquello y no podía aceptarlo.
Ella estaba entregándole su cuerpo porque creía que
sus sentimientos eran compartidos. Era un canalla,
pero hasta él tenía sus límites.

O tal vez no.

Porque cuando abrió los labios y lo envolvió en el
aterciopelado calor de su boca descubrió que no podía
protestar.

Lo saboreó como si fuese una exquisitez para ella,
un descubrimiento. Lo saboreó como no lo había hecho ninguna otra mujer. Parecía obtener placer ha-
ciéndolo y esa también era una nueva experiencia
para él. Era raro sentir una conexión tan intensa con
alguien cuando estaba acostumbrado a mantener la
barrera levantada en todo momento.

Seguía levantada. Firmemente. Pero ella estaba poniéndola a prueba.

Quería apartarse, pero no podía hacerlo. No solo porque tuviera que seguir con la farsa, sino porque era incapaz. Porque ella lo tenía esclavizado y no podía hacer nada más que someterse a la suave tortura de su boca.

Pero el fuego se extendía por todo su cuerpo y sintió que estaba a punto de explotar.

—No —dijo, sin aliento—. Así no.

Respiraba con dificultad y apenas podía controlarse, pero intentaba hacerlo desesperadamente. Estaba jugando a un juego peligroso con ella y no debía olvidar lo que estaba haciendo, qué intentaba conseguir. Aquello no era sobre ellos, nunca lo había sido.

Por supuesto, quería que Esther fuese feliz, pero eso era secundario. Como lo era ella. Lo único que importaba era conservar a sus hijos, mantener unida a la familia y apartar a Ashley. Lo único que importaba era construir una base sólida para el resto de su vida.

Podría ser ella o podría ser otra mujer, cualquier mujer a quien Ashley hubiera elegido, y estaría haciendo lo mismo. Tenía que recordar eso.

Dejando escapar un gruñido de frustración, la tumbó de espaldas y reclamó su boca mientras rozaba la húmeda entrada con su rígido miembro. Esther se arqueó en un gesto de invitación y, loco de deseo, Renzo se hundió en ella hasta el fondo.

Se le quedó la mente en blanco. Se olvidó de todo salvo de la necesidad de encontrar alivio, de estar tan cerca de ella como fuera posible. Todo lo que había estado diciéndose a sí mismo desapareció, carbonizado por aquella conflagración.

Sujetó sus caderas mientras la embestía una y otra

vez, haciéndolos gemir a los dos, jadear para encontrar aliento.

Y entonces perdió el control del todo y solo pudo dar las gracias cuando ella gritó de placer, con sus músculos internos oprimiéndolo como un torno, porque había perdido toda capacidad de controlarse. Y cuando el orgasmo lo sobrecogió fue como un huracán, golpeándolo, consumiéndolo del todo, dejándolo exhausto y sin aliento.

Y mientras caía sobre la cama, confuso, ardiendo, con los efectos del placer recorriendo sus venas, supo que estaba en el ojo de la tormenta. Que no había terminado.

Se apartó de ella, avergonzado. No había sentido remordimientos en dieciséis años, pero todo se mezclaba, el pasado, el presente, su futuro. Y la razón de su comportamiento.

—Soy tan feliz... —dijo Esther, la satisfacción de su voz le hirió como nada.

De modo que ella era feliz y él en cambio...

Todo lo contrario. Se sentía destruido y no entendía por qué. Había conseguido lo que quería, había asegurado el futuro de sus hijos y el suyo propio. Conservaría la custodia de sus hijos, que crecerían con la familia que se merecían y con la herencia que se merecían porque no iba a permitir que su padre dividiese la empresa Valenti.

Estaba seguro de todo eso, convencido de tener razón. Y Esther era feliz, nada más importaba.

—Me alegro.

—Pero me falta algo.

—Si te sigue faltando algo después de ese orgasmo tendré que revisar mi opinión sobre ti. Eres una mujer muy avariciosa, Esther Abbott.

–Es posible –asintió ella–. Quiero conocer el mundo entero y quiero tenerte a mi lado. Debo admitir que eso es muy avaricioso.

–Yo te he ofrecido ambas cosas.

–Pero ahora quiero más.

–¿Y qué es lo que quieres, *cara*? –preguntó él, enfadado de repente–. ¿Las joyas de la corona acaso? ¿Qué es lo que te he negado?

–A ti –respondió Esther sencillamente.

–Acabas de tenerme. De hecho, estoy agotado.

–No me refería a eso. Tengo la sensación de que podrías hacer el amor sin descanso... es el resto de ti lo que no pareces querer compartir.

Renzo apartó la mirada.

–Te he dicho que te quiero –murmuró, convencido de que esas palabras darían por finalizada la discusión–. ¿Qué más puedes necesitar?

–Te agradezco mucho que lo digas y me gustaría que esas palabras fuesen todo lo que necesito, pero ¿cómo voy a sentirme segura si no sé lo que el amor significa para ti? Apenas nos conocemos, Renzo. Y yo siento... siento tantas cosas por ti. Pero tú me conoces y yo, en cambio, no sé nada sobre ti.

–Has cenado con mi familia, has conocido a mi hermana y mi sobrina. ¿Qué más quieres saber?

–Algo importante sobre ti –respondió ella–. Dijiste que te habías casado con Ashley para castigarte a ti mismo... y quiero entender eso. Estás furioso por algo y quiero saber por qué o por quién. Quiero saber por qué te casaste con Ashley y por qué casarte conmigo será diferente. Por qué lo que sientes por mí es diferente...

–¿Quieres saber con quién estoy furioso? –Renzo se incorporó en la cama, pasándose los dedos por el pelo–. Bueno, *cara*, la respuesta a esa pregunta es muy sencilla.

—Pues dímelo.

—Conmigo mismo. Estoy furioso conmigo mismo.

Capítulo 13

EL CORAZÓN de Esther había empezado a tranquilizarse después del encuentro amoroso, pero las palabras de Renzo hicieron que se le encogiera en el pecho. No sabía qué había esperado cuando le pidió que compartiese algo de su vida con ella.

Una negativa, seguramente. Porque Renzo era como un muro de piedra y se había imaginado que tendría que tirarlo a patadas, que no sería tan fácil.

Desde el viaje a Nueva York sabía que había algo que no le había contado. Ella era una ingenua, desde luego. No tenía experiencia con los hombres o con relaciones románticas, y sabía que sus sentimientos por él se habían exacerbado desde que se acostaron juntos, pero no había vuelto a tocarla después de esa primera noche. Había sido más atento de lo que le gustaría, dándole más espacio del que le había pedido.

Y en ese tiempo sus sentimientos se habían vuelto más intensos. Sabía que podría estar engañándose a sí misma y, con la misma certeza, sabía que no era así.

Pero necesitaba estar segura y para eso tenía que conocerlo mejor.

—¿Por qué? –le preguntó–. ¿Por qué estás furioso contigo mismo?

—No nací siendo un mujeriego, Esther. Una vez creí firmemente en el amor, aunque tal vez de forma equivocada. Pero quiero contártelo para que sepas que no jugué con la mujer de otro hombre solo para divertirme.

A Esther se le encogió el corazón un poco más. La mujer de otro hombre. No había una ofensa más seria para ella. El matrimonio debía ser sagrado porque lo eran las promesas matrimoniales.

—Entonces, tú...

—El hombre que tienes delante no es un hombre digno y mis principios tampoco lo fueron.

—No digas eso. Claro que eres un hombre digno. Mira todo lo que estás haciendo para darles una familia a tus hijos.

—Sí –asintió él–, pero ese deseo no existe porque sí... ha nacido de algo, de un momento determinante que me cambió por completo. Tú sabes mucho sobre eso.

—Sí –asintió Esther, pensando en su familia.

—Mis padres me quieren y crecí en una familia privilegiada, pero cometí un error. Me enamoré de la mujer equivocada. Mi primera amante, mi primer amor –Renzo hizo una pausa, tragando saliva–. La madre de mi hija.

Esther sintió como si el suelo se hundiera bajo sus pies. No podía entender lo que estaba diciendo.

—¿Tu hija? Pero tú no tienes ninguna...

—Legalmente no es mía. Renuncié a mis derechos de paternidad, pero es mi hija.

Esther se llevó una mano al pecho, como intentando controlar los erráticos latidos de su corazón.

—¿Cuántos años tenías?

—Dieciséis –respondió él–. Todos acordaron que no tenía sentido que un crío como yo rompiese una familia para convertirse en padre de repente. ¿Cómo iba a hacerlo si no era más que un niño?

–Por eso te convertiste en un mujeriego –murmuró Esther–. Para demostrar a todo el mundo que tenían razón sobre ti.

–Un poco melodramático tal vez, pero ¿cómo iba a desaprovechar la oportunidad de demostrar que no tenía otra opción? Y, a juzgar por mis múltiples conquistas, ¿quién iba a creer que yo podría ser un buen padre?

–Pero lo serás –dijo ella, convencida–. Mira lo que estás haciendo por estos bebés cuando tú ni siquiera sabías de su existencia.

–Sí, estoy dispuesto a hacer cualquier cosa porque llevo una herida... –a Renzo se le quebró la voz–. Hice lo que tenía que hacer, pero uno no se cura de algo así. No se puede. Especialmente cuando la veo.

–¿A tu examante?

–No, no siento nada por esa mujer. Podría verla todos los días y me daría igual. Pero Samantha, mi hija... tener que verla sabiendo que nunca podré decirle quién soy... es como si me clavasen un puñal en el corazón. El dolor no desaparece, no cura nunca.

Esther sacudió la cabeza. Se le rompía el corazón por lo que había sufrido, por lo que seguía sufriendo aquel hombre que estaba dispuesto a sacrificarlo todo por el amor de los hijos que ella llevaba en su seno. Aquel hombre que ya era padre, pero no podía estar con su hija.

–¿Cuántos años tiene?

–Dieciséis –respondió él–. La misma edad que tenía yo cuando ella nació.

–Entonces es casi mayor de edad. Si quisieras...

–¿Y destruir su vida? ¿Lo que siempre ha creído sobre sí misma, sobre su padre, su madre, todo? Revelarle que es mi hija arruinaría su existencia.

–¿Y el hombre con el que vive sabe que no es hija suya?

–Me sorprendería que no lo supiera. Dudo mucho que su mujer y él se hayan sido fieles alguna vez.

–¿Y cómo sabe ella que la niña es hija tuya?

–Jillian se hizo una prueba de ADN para proteger su matrimonio y a sus otros hijos. Quería dejar las cosas bien atadas desde el principio.

Era una situación que podría haber dañado a tanta gente... Y la solución tal vez había sido la menos dañina. Salvo en su caso, porque lo había destruido.

–Pero tú eres su padre.

Renzo empezó a pasear por la habitación y Esther se dio cuenta de que se sentía impotente. Era un hombre poderoso, millonario, pero no podía entrar en la vida de su hija. Lo más sensato era dar un paso atrás y sufrir en silencio para que ella no lo supiera nunca, para no hacerle daño.

Si no había estado absolutamente segura de que lo amaba antes, aquello se lo confirmó. Renzo había cometido un error de juventud y eso lo había definido como persona porque las consecuencias eran permanentes.

Pero no era un hombre indigno, al contrario. Era un hombre furioso, herido, roto.

¿Qué podría ofrecerle ella?, se preguntó.

–Ella no sabe que lo soy –dijo Renzo.

–Pero lo eres y la quieres. Tal vez más que los demás porque sufres para no hacerle daño.

–No es amor. Ya no puedo sentir esa emoción.

Esas palabras fueron como una bofetada.

–Pero dijiste... dijiste que me querías.

–Y, si te hace feliz, te lo diré un millón de veces.

–Si me hace feliz. Pero... ¿y si no es cierto?

–Soy quien soy, Esther. Lo que me hicieron está hecho y no hay vuelta atrás. No puedo cambiar lo que pasó ni ella tampoco. Y como no puedo cambiar esa decisión, hay una parte de mí que está destruida para siempre.

–Entonces... ¿por qué dijiste que me querías?

–¿Es que no lo entiendes? –Renzo levantó la voz cuando siempre hablaba en tono calmado–. Haré lo que tenga que hacer para conservar a mis hijos. Cualquier cosa.

–Jamás he amenazado con quitártelos. Yo no haría algo así.

–Es algo más que eso. Samantha tiene una familia, una madre y un padre. ¿Cómo voy a darles yo menos a mis hijos? ¿Cuál sería mi excusa? Destrocé mi vida casándome con Ashley, pero no voy a destrozar la de mis hijos... y he estado a punto de hacerlo. Mis propios hijos, otra vez, destrozados por el egoísmo de los adultos.

Esther lo entendió entonces. Estaba intentando formar una familia para no darles a sus hijos menos de lo que había recibido su primera hija porque se sentía culpable. Durante años había intentado demostrarse a sí mismo que había hecho lo correcto al renunciar a la paternidad de Samantha, pero de repente se veía en una situación en la que debía demostrar todo lo contrario.

Ella estaba en medio de ese fuego cruzado y entenderlo no lo hacía menos doloroso.

–No tenías que mentirme –murmuró.

–Tenía que hacerlo, tú lo dejaste claro.

–Me entregué a ti como tal vez no lo habría hecho si... –Esther no terminó la frase porque sabía que no era cierto. No tenía nada que ver con lo que sentía Renzo, sino con el amor que ella sentía por él.

Estaba confusa, dolida, pero podía ver el miedo en sus ojos; un miedo descarnado, desnudo. Temía que otra mujer le quitase lo que más deseaba en el mundo.

Renzo podía decir que no era capaz de amar, pero sus actos desmentían tal afirmación. Sabía que quería a Samantha, que sentía un amor profundo, eterno, que le dolía con cada latido de su corazón.

Pensaba que no era capaz de amar porque no sabía de qué otro modo afrontar ese dolor. Y curiosamente, Esther lo entendía. También ella había querido engañarse a sí misma pensando que seguía con él porque había dicho que la quería, porque iba a tener a sus hijos. Daba más miedo admitir que quería estar con él porque le importaba, porque esa era su decisión aun sabiendo que su vida iba a ser diferente a lo que se había imaginado, que iba a atarse a un hombre que tenía sus propios motivos.

¿De nuevo estaba dispuesta a dejar que otra persona dictase cómo iba a ser su vida? Eso la aterrorizaba, pero tal vez... tal vez el amor era aterrador. Tal vez era un riesgo y un sacrificio.

Ese pensamiento la asustó. Había sacrificado tanto. Mientras vivía con su familia había tenido que ignorar sus propios deseos, sus anhelos. Había intentado ser lo que su padre y su madre querían que fuese.

Y cuando se fue... dejar a sus hermanos había sido doloroso y pensar en lo que sentiría si se viera forzada a abandonar a sus hijos hacía que se le encogiera el corazón.

Pero Renzo era como un muro de piedra. No parecía capaz de entender sus propios sentimientos y ella no podría cambiar eso.

¿Cómo podía hacerlo si él ni siquiera admitía que estaban ahí? ¿Si ni siquiera parecía saberlo?

–No quería hacerte daño –dijo Renzo entonces–. Nunca podré amarte como tú quieres que lo haga, pero eso no significa que no vaya a ser un buen marido. Le fui fiel a Ashley a pesar de saber que ella no lo era. Si necesitas una prueba, incluso me casaré contigo aquí, en Italia, donde el divorcio sigue siendo un proceso complicado.

Esther sabía que todas esas promesas le beneficiaban a él más que a ella. Al final, si había una prueba de paternidad, un juez podría dictaminar que no eran hijos suyos. ¿Y entonces qué?

Todo había cambiado tanto en las últimas semanas... Su vida era tan diferente de la que ella se había imaginado...

¿Solo habían pasado cuatro meses desde que se imaginó que se sometería al proceso de fertilidad y nueve meses después se marcharía? ¿Que iría a la universidad, visitaría lugares exóticos y haría todas las cosas con las que había soñado sin volver a pensar en los hijos que había gestado? ¿Sin volver a pensar en Renzo? Sabía que eso ya no era posible.

Estaba atrapada.

–Me has hecho daño –afirmó, pasando por alto lo que había dicho sobre el matrimonio y el divorcio para concentrarse en hablar de la mentira. La mentira que crecía por segundos dentro de ella.

Porque ahí estaba la diferencia entre una verdadera relación y una condena. La diferencia entre vivir con un hombre autoritario, acostumbrado a salirse con la suya, y un hombre cariñoso, enamorado.

Él seguiría siendo el mismo, pero, si tomaba las decisiones con amor, con cariño hacia ella y los niños, sería diferente a hacerlo solo para que su vida fuera más fácil. Solo porque eso era lo que quería, sin tenerla a ella en cuenta.

–Esa no era mi intención. No tienen que cambiar las cosas entre nosotros, Esther. Sé que me deseas –Renzo le rozó la cara con los dedos y, para su eterna humillación, un estremecimiento la recorrió de arriba abajo.

–No es suficiente –dijo ella, apartándose.

–¿Por qué no? –preguntó Renzo con voz estrangulada.

–Quiero estar contigo –respondió Esther en voz baja, intentando averiguar cómo decir lo que sentía, no solo a él, sino a sí misma–. Quiero estar contigo porque me hace sentir más fuerte. Y también más débil. Porque me haces desear cosas que no sabía que pudiese desear. Porque haces que mi cuerpo se estremezca y mi corazón se vuelva loco –añadió, cerrando los ojos–. Pensé que sabía lo que quería, lo que necesitaba, pero entonces te conocí y tuve que cuestionármelo todo. Te miré a los ojos y no podía moverme, ni siquiera quería hacerlo. Y eso no es bueno para mí, Renzo. No te quiero por que me hagas la vida más fácil, por todo lo que puedes darme, sino por la forma en la que me has cambiado. Porque has creado en mí una necesidad que yo no sabía que existiera y... nada de esto es conveniente, pero es esa falta de conveniencia lo que me dice que es real.

–Pero ¿por qué importa? –preguntó Renzo–. Podemos ser felices. Estaremos juntos, seremos una familia.

–¿Qué sientes cuando me tocas? –inquirió Esther.

–Que quiero hacerte mía.

–¿Y si piensas que podría dejarte?

Renzo le apretó los brazos con fuerza.

–No lo harás. Quiero que te quedes conmigo.

Ella levantó una mano para acariciarle la cara.

–Quieres que me quede contigo porque es bueno para un hombre tener una esposa y una madre para sus hijos, pero no entiendes que esa es la razón por la que mi padre quería que me quedase. La razón por la que trataba a sus hijos como lo hacía es que necesitaba esa imagen de aparente perfección familiar porque solo le importaba la opinión de los demás –Esther tragó saliva–. Yo no puedo ser el trofeo de nadie, ya no. Me costó demasiado marcharme de casa. Y, si estás diciendo que me quieres para hacerme feliz, entonces solo intentas controlarme porque te conviene.

–Eso no es justo –protestó Renzo–. No voy a negarte nada, no te estoy ocultando el mundo. Te he prometido una educación, he prometido mostrarte todo lo que conozco, todo lo que el mundo tiene que ofrecer.

–Lo sé y...

–¿Soy un amante egoísta?

Esther se puso colorada.

–No, claro que no.

–Entonces, ¿cómo te atreves a compararme con el hombre que se pasó la vida controlándote? Es totalmente diferente. Nosotros hemos llegado a un acuerdo basado en la conveniencia mutua, en la atracción mutua.

Esther apartó la mirada, más triste que nunca.

–Necesito espacio –murmuró, sintiendo que su cabeza era un caos que no sabía si podría ordenar algún día.

–Nos veremos en el desayuno –dijo él con tono seco.

Esther lo oyó salir de la habitación y no se movió hasta que oyó que cerraba la puerta de la suya, al otro lado del pasillo. Solo entonces dejó que un sollozo sacudiese su cuerpo.

Se sentía desolada, engañada, porque le había creído cuando dijo que la quería y lo había utilizado como un escudo. Esa mentira la había hecho sentirse invencible, como si pudiera hacer cualquier cosa, ser cualquier cosa.

Y, de repente, se sentía como una tonta.

Había querido escapar de la comuna porque siempre le había parecido una prisión. Renzo le ofrecía lo mismo y, sin embargo, no quería escapar. Y no sabía qué decía eso de ella, ni siquiera estaba segura de que le importase.

Angustiada, hundió la cara en la almohada. No quería dejarlo y daba igual que él no la quisiera. Su amor no era una mentira y ni siquiera la admisión de Renzo había cambiado eso. Pero no podía convertirse en la criatura triste y controlada que había sido una vez.

—No quiero —murmuró en el silencio de la habitación, mientras una lágrima se deslizaba por su mejilla. Quería quedarse con él, vivir con él y con sus hijos. Quería que Renzo tuviese lo que deseaba.

Pero ¿durante cuánto tiempo? ¿Cuánto tiempo tardaría ella en volver a sentir que se asfixiaba?

Lo que antes le había parecido libertad, de repente le parecía una prisión. A pesar de sus confusos sentimientos, se sentía atrapada cuando antes se había sentido liberada.

Era tan fácil ver la diferencia... El amor, el amor era la diferencia.

Saber que Renzo no la amaba, saber que no podía amarla, lo cambiaba todo para ella.

Capítulo 14

RENZO no podía conciliar el sueño. Se sentía como el imbécil que era. Las cosas que le había contado a Esther, el daño que le había hecho... Le había mentido, eso era verdad, pero lo que había sufrido con Samantha, lo que seguía sufriendo, lo había cambiado. Y sería comprensible que se hubiera convertido en un hombre despiadado.

Entonces había dejado que otros dictasen lo que debía hacer, pero eso no volvería a ocurrir jamás.

Aun así, Esther no se merecía sus mentiras. Si había alguien de verdad bueno y dulce en el mundo, era ella.

–Buenos días.

Renzo se dio la vuelta y la vio al pie de la escalera.

–Buenos días –la saludó.

Y entonces se dio cuenta de que llevaba la mochila a la espalda. Y había vuelto a ponerse su antigua ropa, una camiseta negra y una falda larga, la curva de su abdomen era más pronunciada que el día que la conoció.

–No puedes marcharte –le dijo, su voz sonó como un ruido de cristales rotos.

–Tengo que hacerlo. No me iré de Roma, te lo prometo, pero no puedo quedarme contigo cuando estás tan confundido. No sé qué va a pasar entre nosotros y no sé... no sé qué sentir. No puedo quedarme aquí, tan cerca de ti, y pensar con claridad. Y me debo a mí misma la oportunidad de hacerlo.

Renzo dio un paso adelante para tomarla entre sus brazos, con más fuerza de la que pretendía.

—No puedes dejarme.

—Sí puedo y tengo que hacerlo. Por favor, entiéndelo.

Renzo la empujó suavemente contra la pared, mirándola a los ojos porque una vez había dicho que cuando la miraba lo cambiaba todo. Y tenía que cambiarlo, tenía que impedir que se fuera.

—No puedes irte —repitió.

—No puedes retenerme aquí. No quieres una prisionera sabiendo que lo he sido antes. Tú no me harías eso.

La desesperación clavaba sus garras en él como un animal salvaje. En ese momento, Renzo no sabía si había algún límite para lo que estaba dispuesto a hacer porque no quería ver toda su vida, su futuro, salir por esa puerta y alejarse de él.

—¿Cómo puedes hacerme esto tú a mí? —le espetó—. Conoces mi pasado, sabes lo que he perdido. Te he confiado mi secreto, uno que no conoce nadie más. Ni siquiera mi hermana.

—Nunca te quitaré a tus hijos, ya te lo he dicho. No voy a robarte la oportunidad de ser padre, pero no creo que vivir juntos sin amor vaya a proporcionarles una infancia feliz. Yo crecí en una casa en la que no había amor, donde todas las relaciones eran... insanas, vigiladas. Tus hijos no serían felices viviendo así.

—¿Es por eso por lo que quieres marcharte? ¿Porque no quieres lidiar con esto que hay entre nosotros?

—No.

—Crees que los niños serán una carga para ti. No los quieres de verdad.

Eso casi lo haría más fácil, porque él no expondría a sus hijos a su indiferencia. Aunque no podía imaginarse a Esther mostrando indiferencia ante un niño. No, imposible.

–Esto es sobre tú y yo –dijo ella, poniéndole una mano en la cara. No intentó apartarse; al contrario, lo tocó suavemente, con una emoción profunda–. Sobre lo que debemos ser, nada más. No puedo casarme contigo así, Renzo. No puedo condenarme a una vida sin amor.

Él le apretó los brazos, la desesperación era como una criatura salvaje dentro de él.

–Te quiero –le dijo. Y puso toda su alma en esas palabras.

De repente, no podía respirar. Sentía que estaba a punto de perder el conocimiento y caer al suelo. Y se vio forzado a reconocer que era cierto, la amaba. Por primera vez en su vida, amaba a una persona más que a sí mismo. La amaba a pesar de haber intentado no hacerlo.

–Te quiero –repitió, desesperado.

–Renzo –dijo ella, dando un paso atrás–. No me hagas esto, no me mientas. No utilices mis sentimientos contra mí.

–No lo hago. Es la verdad.

–Dijiste que lo repetirías mil veces si eso me hacía feliz. Me imagino que lo repetirías mil veces más si pensaras que así te saldrías con la tuya, pero yo no puedo vivir así.

–Y yo no quiero vivir sin ti –dijo él.

Esther sacudió la cabeza.

–¿Qué ha cambiado para que me ames de repente? Cuando puedas demostrar que no es otra mentira, cuando puedas demostrar que no estás intentando controlarme, entonces ve a buscarme. Vuelvo al bar, al hostal, a mi vida de antes.

La desesperación hizo que Renzo quisiera hacerle daño, tanto como él estaba sintiendo. Hacerla sangrar porque él estaba sangrando.

—Vete entonces y convéncete de que lo haces porque quieres ser libre, pero estás mostrando el mismo egoísmo que mostraste al dejar a tu familia —le espetó, airado—. Si alguien no te quiere exactamente como tú deseas que te quieran, entonces no reconoces ese amor y dices que no es real. ¿No es lo mismo que hacía tu padre? Me acusas de ser egoísta, pero al menos yo creí en tu palabra. Tú no eres capaz de hacer lo mismo conmigo.

Esther dio un respingo y Renzo se dio cuenta de que sus palabras la afectaban porque temía que tuviese razón.

—Yo nunca te he mentido, tú sí lo has hecho. ¿Cómo voy a saber si lo que dices ahora es verdad? Dijiste que me querías y no era cierto, pero ahora quieres que te crea. Me pides cosas imposibles, Renzo —Esther se apartó una lágrima con el dorso de la mano—. Yo solo quería ver el mundo, ir a la universidad, encontrarme a mí misma. No quería sentirme perdida otra vez y así es como me siento por tu culpa, así que ahora tengo que volver a empezar.

—Puedes hacerlo a mi lado.

Ella negó con la cabeza.

—Si puedes demostrar que me quieres, por favor, hazlo. Pero, si no, déjame vivir. Te llamaré para contarte cómo va el embarazo —se despidió, dirigiéndose a la puerta—. Adiós, Renzo.

Él no pudo decir nada. Por segunda vez en su vida,

estaba viendo cómo el futuro se le escapaba de las manos. Por segunda vez en su vida, se sintió impotente.

Cuando Renzo fue a visitar a su padre esa tarde estaba encolerizado. Desde que Esther se había ido de su casa no encontraba consuelo ni calma. Por eso estaba allí y por eso entró en el despacho de su padre sin llamar a la puerta.

—Renzo, qué sorpresa. ¿Qué te trae por aquí?

—Tengo algo que decirte —respondió él.

—Espero que sea que ya te has casado con esa mujer, porque no me gustaría saber que todo se ha ido al garete.

—Todo se ha ido al garete y no sabes cómo.

—¿Necesitas que intervenga? ¿Es eso? Bien sabe Dios que eso fue lo que tuve que hacer en tu última indiscreción de juventud...

—¿Mi indiscreción de juventud? ¿Te refieres a mi hija, la hija a la que no puedo ver porque mi madre, Jillian y tú decidisteis que era lo mejor?

—Como si tú no pensaras lo mismo. Eras un niño, Renzo. No podrías haber criado a un hijo y tu comportamiento en los últimos años lo ha demostrado.

Evidentemente, a su padre nunca se le había ocurrido pensar que lo había hecho como una especie de venganza, un castigo. Claro que no podía reprochárselo porque ni siquiera él se había dado cuenta hasta unos días antes. Hasta que se vio forzado a reflexionar, a mirarse por dentro, para aprovechar la oportunidad de ser padre otra vez.

—No hay nada juvenil en esta indiscreción —le dijo—. Ya no soy un niño. Soy un hombre de más de treinta años y, además, la situación no es lo que parece.

—¿Qué es lo que ocurre?

—Ashley llegó a un acuerdo con Esther para que gestase a nuestro hijo. Por supuesto, no lo consultó conmigo, lo hizo a mis espaldas. Y luego, cuando decidió que el embarazo no iba a salvar nuestro matrimonio, le pidió a Esther que lo interrumpiese, pero ella no quiso hacerlo. En lugar de eso, fue a hablar conmigo —Renzo se pasó una mano por la cara—. Perdí una hija y estaba decidido a no perder a este hijo. Estos *dos hijos* porque Esther está esperando mellizos —se corrigió, con el corazón encogido—. Estaba decidido a hacer lo que tú querías: evitar otro escándalo para que mi cuñado no se hiciera cargo del imperio Valenti porque es la herencia de mis hijos. Aunque tú esperabas que lo hiciese por egoísmo, créeme si te digo que lo hacía para darles a mis hijos todo lo que se merecen.

—¿Ashley hizo eso? No puede ser cierto. La gestación subrogada es ilegal en este país.

—Hay muchas formas de saltarse la legalidad, como supongo que tú sabes bien. Pero ahora lo he estropeado todo con Esther y, en parte, lo he hecho porque estaba dejando que tú lo controlases todo otra vez.

—Lo dices como si te doliese lo que hice hace dieciséis años.

—Porque me duele, padre. Entonces era un crío, no sabía qué hacer. Pero cada vez que la veo... es como si me clavaran un puñal en el corazón. No puedo perdonarme a mí mismo por esa decisión, y no puedo perdonarte por el papel que tú desempeñaste entonces.

Su padre golpeó el escritorio con el puño.

—Lo que tú sientes por tu hija es lo que yo siento por ti. Eres mi hijo, Renzo, el heredero de todo lo que tengo y que tanto me ha costado levantar. Todas mis esperanzas están puestas en ti... lo eres todo para mí.

Hice lo que hice para protegerte, porque eras un niño, y si eso me ha granjeado tu odio tendré que aceptarlo. Pero no puedo cambiar lo que pasó.

—Yo tampoco puedo hacerlo y eso me está matando.

—¿Crees que a mí no me dolió, que no me sigue doliendo? Porque yo también la veo, Renzo. Es mi nieta y lamento tanto haberla perdido... especialmente desde que tu hermana tuvo a Sophia. Perdí a mi primera nieta, a la que nunca podré reconocer, y me duele en el alma.

—Pero no era tan importante como proteger la reputación de la familia.

—Era por el bien de todos –dijo su padre–. También para proteger el matrimonio de su madre. No puedes decir que fui egoísta, Renzo.

—Pero querías que me casara con Esther para preservar el buen nombre de los Valenti y me imagino que también querrás mantener en secreto las circunstancias de la concepción de mis hijos.

—¿Sugieres que contarlo a los medios es lo mejor?

—No lo sé –respondió él, golpeando el respaldo de la silla que había frente al escritorio–. No lo sé, pero no puedo proteger la reputación de los Valenti a expensas de mi propia vida, ni a expensas de las personas a las que quiero.

—¿Y tus padres? ¿No somos importantes para ti?

—Tú puedes protegerte a ti mismo, padre, pero mis hijos no. Ellos dependen de que yo tome la decisión correcta.

—¿Y crees que traerlos al mundo en medio de un escándalo es la decisión correcta?

—Estoy cansado de mentiras, cansado de vivir una existencia que es un altar a mis fracasos, la confirmación de que no tenía más opción que renegar de Samantha. Y tal vez entonces era cierto, pero ahora tengo una alternativa. Tal vez sea humillante para mí, para toda la familia, pero tengo que hacer lo que sea para recuperar a Esther porque la quiero. Si tengo que dejar de protegerme a mí mismo, y a la familia, para hacerlo, lo haré. Si la reputación de los Valenti sufre por ello habrá que aceptarlo, pero no voy a seguir siendo esclavo de mi apellido –Renzo dejó escapar un largo suspiro–. No quiero perder todo lo que es importante para mí.

–Hice lo que tenía que hacer –dijo su padre–, te aconsejé como pensé que debía hacerlo. Soy el patriarca de esta familia y protegerla es lo más importante para mí.

–Pero yo soy el patriarca de mi familia. Y mi familia es Esther y los hijos que espera. La he perdido, padre. Le dije que no podía amarla... y no es verdad. Temía volver a sufrir como sufrí con Samantha, como sigo sufriendo, pero solo he conseguido empeorar las cosas. Y voy a arreglarlo, pase lo que pase.

Renzo se dio la vuelta para salir del despacho, pero las palabras de su padre lo detuvieron.

–Puede que no esté de acuerdo con tu decisión, pero ya no puedo protegerte. Además, no necesitas que lo haga. Ahora eres un hombre y entiendo que estés furioso conmigo, hijo. Solo espero que algún día puedas perdonarme.

Renzo recordó de nuevo lo que Esther había dicho: «Hay que seguir adelante, no vivir bajo la nube del pasado».

Él tenía un pie firmemente plantado en el pasado y, por eso, había estado a punto de estropearlo todo. Tenía que empezar a avanzar. Hacia Esther.

–Me imagino que todo dependerá de lo que pase a partir de ahora, padre.

Capítulo 15

ESTHER estaba agotada emocional y físicamente. Servir mesas con los tobillos hinchados era agotador. Además, lo único que quería era meterse bajo la barra y llorar durante todo su turno porque algo dentro de ella estaba roto desde que se despidió de Renzo.

Hacía mucho calor esa tarde. El cielo estaba cubierto de nubes y tenía la impresión de que pronto se desataría una tormenta. El ambiente era bochornoso, opresivo... como la presión que sentía en el corazón.

Miró fuera y vio que habían empezado a caer las primeras gotas. Genial. Volver a casa sería divertido, pensó. Llegaría empapada y tendría que pasar el resto de la noche temblando de frío porque en el hostal nunca había agua caliente para todos.

Un relámpago iluminó el cielo, haciendo que diese un respingo.

–¿Esther?

Su jefe estaba señalando las mesas de fuera, pidiéndole que las cubriese con una lona.

Salió a la terraza sin molestarse en ponerse un jersey. Seguía haciendo calor, pero la lluvia era fría, desagradable. Se inclinó hacia delante para tomar los cojines de las sillas, colocándolos bajo su brazo.

De repente, sintió que se le erizaba el vello de la nuca y se irguió lentamente. Otro relámpago iluminó la calle y fue entonces cuando lo vio. Renzo, con un traje de chaqueta oscuro, como la noche que fue a buscarla al bar.

Estaba inmóvil, con la lluvia empapando su pelo, las manos en los bolsillos del pantalón y los ojos clavados en ella.

–¿Qué haces aquí? –le preguntó, dejando caer los cojines al suelo sin darse cuenta.

Era igual que siempre, desde el principio. Esos ojos oscuros la dejaban inmóvil, paralizada.

Todo había cambiado, incluso el aire. Si hubiese llevado la tormenta con él, no le sorprendería.

–He venido a verte. Me dijiste que viniera a buscarte cuando estuviese preparado, cuando pudiera demostrarte mi amor. Y aquí estoy. Sentí la tentación de convocar una rueda de prensa antes de venir, pero pensé que antes debería hablar contigo. No por mí, sino por ti.

–¿Una rueda de prensa? No entiendo.

–Para explicarlo todo –respondió él–. La gestación subrogada, nuestra relación. Porque pensé que, si ya no tenía una reputación que proteger, tal vez tú no podrías acusarme de hacer las cosas pensando solo en eso.

–Yo... supongo que esto es más fácil para mí porque nadie está interesado en mi vida. Al menos, en mi vida aparte de ti.

–No te disculpes, tenías razón sobre mí. Quería hacerlo porque era lo que me convenía, pero ya no quiero que sea conveniente. No quiero hacer las cosas pensando en la imagen que doy o en el apellido Valenti. Eso es lo que me ha hecho lo que soy, lo que ha justificado siempre mis actos. Pero ya no. Estoy decidido a contarle a todo el mundo que has concebido a mis hijos en una clínica de fertilidad y que mi exmujer me engañó.

—Pero... ¿y las cuestiones legales?

Renzo tomó aire.

—Por eso no he organizado una rueda de prensa. Temía que pensaras que iba a hacerlo para que tú no pudieras exigir tus derechos sobre esos hijos, para que no hubiera sitio para ti en sus vidas. Así que ya ves, quería hacer un gran gesto, quería seguir siendo el que he sido siempre, pero... —Renzo sacudió la cabeza— por dentro estoy temblando. Porque no sé cómo hacer que me creas. Porque no me he ganado el derecho a que me creas. Mi padre me dijo que esta vez tenía que hacer las cosas bien, que debía proteger la reputación de la familia Valenti o perdería mi herencia. Entiendo que pienses que solo lo hago por el dinero, pero te aseguro que lo hago motivado por el deseo de no arrebatarles esa herencia a mis hijos.

—Así que tu padre te dijo que debías casarte conmigo.

Él asintió con la cabeza.

—Por eso decidí hacerlo. Y luego, la primera noche que estuvimos juntos vi a Samantha y supe... que haría lo que tuviese que hacer. Hasta mentirte. Y eso es lo más duro, Esther, porque tú me conoces. Tú sabes que haría lo que fuera por mis hijos y he demostrado que incluso estoy dispuesto a mentir. Pensé que lo más triste de mi vida era ver a mi hija crecer siendo una extraña para mí... pero me equivocaba. Esto es mucho peor.

Esther sufría por él, pero sabía que debía escucharlo. Tenía que saber por qué le había dolido tanto.

—¿Qué es lo más triste?

—Decirte que te quería, sabiendo que era verdad y sabiendo también que no podría convencerte. Sabiendo que había destruido esa posibilidad, que había tomado algo tan hermoso como la capacidad de sentir amor, y lo había convertido en una farsa. Que por fin había encontrado otra vez ese sentimiento dentro de mí, pero había destruido cualquier posibilidad de ser correspondido.

Esther no podía soportarlo más. Incapaz de contenerse, dio un paso adelante y lo envolvió en sus brazos, dejando que la lluvia los calase a los dos, lavando todo el dolor que había entre ellos.

—Te creo —le dijo en voz baja—. De verdad. Y no has destruido nada. Te quiero, Renzo. Y sabía que podías amarme porque estabas dispuesto a poner tu vida patas arriba para ser el padre de estos bebés, por cómo hablabas del dolor que sentías por no poder ser el padre de Samantha, por cómo sigues sufriendo para no hacerle daño. Eso es amor, Renzo. Sacrificio, generosidad.

—Yo quería creer que no lo era porque resultaba más fácil. Admitir que quieres a alguien cuando sabes que no puedes estar con esa persona, que nunca serás correspondido, es un destino terrible. Lo he experimentado con Samantha y luego contigo.

—Yo te quiero y estoy aquí —dijo ella—. No tienes que demostrarme nada. Me conmueve que estuvieras dispuesto a manchar la reputación de tu familia, pero creo que no debemos convertir a nuestros hijos en un titular, ¿no te parece?

—Probablemente —asintió él, deslizando las manos por su espalda—. Te quiero, Esther. El amor siempre ha sido algo complejo y doloroso para mí. El control que ejercía mi padre, la separación de mi hija... Tú me preguntaste qué era el amor y no estoy seguro de saberlo, pero quiero aprender. Eso es lo que puedo ofrecerte, mi deseo de cambiar. De dejar que esto que hay entre nosotros me cambie, me ayude a crecer.

–Yo tampoco sé bien lo que es. Durante toda mi vida había significado control, autoridad. Me fui de casa buscando libertad y pensé que la encontraría en los viajes, en la educación, sin nadie que me dijera lo que debía hacer. Entonces te conocí y empecé a sentir algo, a desear cosas que no sabía cómo conseguir. Ni siquiera sabía lo que representaban.

–Lo entiendo. A mí me pasa lo mismo.

–Ser madre de mellizos cuando había planeado una vida tan diferente no fue fácil, pero en estos dos años he aprendido que las cosas son más fáciles cuando no te importan. Cuanto más te importan, más te duelen, pero yo prefiero que me importen porque solo eso te hace realmente feliz –Esther esbozó una sonrisa–. Tengo mucho que aprender y prefiero hacerlo contigo a mi lado, Renzo.

Él le levantó la barbilla con un dedo para besarla, bebiéndose la lluvia de sus labios.

–Me van a despedir –dijo ella.

–Da igual porque vas a casarte con un multimillonario.

–Serás arrogante... aún no he dicho que vaya a casarme contigo. Solo he dicho que te quiero.

–Soy arrogante y tendrás que quererme así.

–Bueno, yo seguramente comeré cereales sentada en el suelo y tú tendrás que quererme así.

Renzo esbozó una sonrisa.

–Te quiero tal y como eres, desde los zapatos planos a los cereales o al dolor que siento en el pecho cuando temo perderte. Quiero enseñarte el mundo y quiero que tú me enseñes a ser un hombre mejor, el hombre que tú necesitas.

–Renzo, no seas tonto. Ya eres el hombre que necesito, lo has sido desde el día que te conocí. Eres el hombre que necesito porque estoy enamorada de ti. Quería libertad, quería ver el mundo, pero nunca me he sentido más libre que cuando tú me abrazas. El mundo que hemos creado entre los dos es el sitio más maravilloso que me hubiera podido imaginar.

–¿Incluso cuando soy autoritario, imposible?

Ella asintió, incapaz de contener una sonrisa.

–Incluso entonces. Porque verá, señor Valenti, la cuestión es que estoy enamorada de ti. Y, si tú me quieres, entonces todo lo demás no importa.

–Te quiero, Esther. Puede que hayamos tenido un principio extraño, pero creo que vamos a tener el final más feliz.

–Yo también, Renzo. Yo también.

Epílogo

ERA EXTRAÑO pasar de una familia donde el amor había sido algo opresivo a una familia donde era como el aire que respiraba.

Pero, después de cinco años con Renzo, dos mellizos, y dos hijos más, además de abuelos, sobrinos y cuñados, Esther se sentía más libre que nunca. Rodeada de gente y, sin embargo, liberada.

Los padres de Renzo no eran precisamente de trato fácil, pero lo querían a él y a sus nietos con una ferocidad mediterránea que era irresistible para ella.

Se había hecho amiga de Allegra y Cristian, su marido, y cenaban juntos a menudo, rodeados de niños.

Lo único que le dolía era no poder curar la herida de Renzo. Su marido la quería y quería a sus hijos sin reservas, pero Esther sabía que siempre se preguntaba por su hija mayor, aquella de quien la vida y las circunstancias lo habían separado.

Hasta que un día llegó una carta de Samantha. De algún modo, la joven había descubierto sus orígenes y había decidido ponerse en contacto con Renzo porque quería conocer a su padre biológico, el hombre que había renunciado a ella para no hacerle daño.

No le había costado nada dejar que Samantha entrase en la familia. Jamás se le hubiera ocurrido cerrarle la puerta a la hija que tanto significaba para su marido, pero una noche, tras una visita de Samantha, Renzo la tomó entre sus brazos y la besó ardientemente.

–Gracias –le dijo, emocionado–. Muchísimas gracias por aceptarla como lo has hecho. La familia que hemos creado es perfecta y sé que la presencia de Samantha podría incomodarte...

–No, en absoluto –lo interrumpió ella, poniendo un dedo sobre sus labios–. Al contrario. Ver que ha podido reunir todas las piezas de tu corazón es el regalo más bonito que hubiera podido recibir.

Los ojos de su marido estaban sospechosamente brillantes cuando se inclinó para besarla de nuevo.

–El más precioso regalo que he recibido has sido tú. Sin ti, no tendría nada de esto. Sin ti, seguiría siendo un estúpido mujeriego que tenía absolutamente todo salvo lo que necesitaba de verdad.

–¿Y qué es?

–Amor, Esther. Sin ti, no tendría amor y contigo mi vida está llena de él.

Luego la llevó a la habitación y procedió a demostrarle cuánto la amaba. Y Esther nunca lo dudó, ni una sola vez. Porque el amor de Renzo Valenti era la más hermosa verdad de su vida.

Bianca

Solo contaba con veinticuatro horas para hacer que ella cayera rendida a sus pies

En medio del caos de una huelga de controladores en el aeropuerto, el soltero más cotizado de Madrid, Emilio Ríos, se tropezó con un antiguo amor, Megan Armstrong. En el pasado, Emilio se había doblegado a su deber como hijo y heredero, y se había casado con la mujer «adecuada», renunciando a Megan, que no era tan sofisticada. Alejarse de ella había sido lo más difícil que había hecho en su vida, pero ahora que era libre, no iba a perder ni un minuto.

LIBRES PARA EL AMOR

KIM LAWRENCE

Acepte 2 de nuestras mejores novelas de amor GRATIS

¡Y reciba un regalo sorpresa!

Oferta especial de tiempo limitado

Rellene el cupón y envíelo a

Harlequin Reader Service®
3010 Walden Ave.
P.O. Box 1867
Buffalo, N.Y. 14240-1867

¡Sí! Por favor, envíenme 2 novelas de amor de Harlequin (1 Bianca® y 1 Deseo®) gratis, más el regalo sorpresa. Luego remítanme 4 novelas nuevas todos los meses, las cuales recibiré mucho antes de que aparezcan en librerías, y factúrenme al bajo precio de $3,24 cada una, más $0,25 por envío e impuesto de ventas, si corresponde*. Este es el precio total, y es un ahorro de casi el 20% sobre el precio de portada. !Una oferta excelente! Entiendo que el hecho de aceptar estos libros y el regalo no me obliga en forma alguna a la compra de libros adicionales. Y también que puedo devolver cualquier envío y cancelar en cualquier momento. Aún si decido no comprar ningún otro libro de Harlequin, los 2 libros gratis y el regalo sorpresa son míos para siempre.

416 LBN DU7N

Nombre y apellido	(Por favor, letra de molde)	
Dirección	Apartamento No.	
Ciudad	Estado	Zona postal

Esta oferta se limita a un pedido por hogar y no está disponible para los subscriptores actuales de Deseo® y Bianca®.
*Los términos y precios quedan sujetos a cambios sin aviso previo.
Impuestos de ventas aplican en N.Y.

SPN-03   ©2003 Harlequin Enterprises Limited

Pasión escondida
Sarah M. Anderson

Como primogénito, Chadwick Beaumont no solo había sacrificado todo por la compañía familiar, sino que además había hecho siempre lo que se esperaba de él. Así que, durante años, había mantenido las distancias con la tentación que estaba al otro lado de la puerta de su despacho, Serena Chase, su guapa secretaria.

Pero los negocios no pasaban por un buen momento, su vida personal era un caos y su atractiva secretaria volvía a estar libre… y disponible. ¿Había llegado el momento de ir tras aquello que deseaba?

Pasión escondida
Sarah M. Anderson

Lo que el jefe deseaba…

Bianca

Una sola noche con el millonario australiano nunca sería suficiente…

El trabajo consumía toda la vida del arquitecto Adrian Palmer, pero en su cama siempre había una hermosa mujer.

Con Sharni Johnson debería haberse contenido un poco. La joven viuda era tímida, hermosa y sin sofisticación alguna… la víctima perfecta de su malévola seducción. Adrian se volvió loco al comprobar la intensidad de su unión. Pero Sharni no era de las que tenían aventuras de una sola noche…

Adrian no tardó en darse cuenta de que la pasión no parecía ir a consumirse jamás… y no podía dejar de pensar en el enorme parecido que había entre su difunto esposo y él…

MALÉVOLA SEDUCCIÓN

MIRANDA LEE